Gaea

GAEA

兔俠

vol.1 強盜與兔子

護玄——著

兔俠

vol.1

目錄

兔俠

人物簡介
CHARACTERS

青鳥．瑟列格▼第六星區
金髮碧眼、擁有一張娃娃臉的20歲熱血青年。
喜愛正義、討厭壞蛋，夢想成為正義組織的一員！

琥珀．沙里恩▼第六星區
黑髮，擁有罕見的湖水綠眼眸的16歲少年。
個性冷淡、有點不善交際。

兔俠▼第七星區
處刑者。性別男，大白兔布偶，白毛紅眼睛。
非常認真嚴肅，忠於自身信念。

黑梭▼第七星區
處刑者。黑髮褐眼，變化後轉為紅眼。
看似輕佻，但其實相當會照顧人。

茆・菲比▼第六星區

處刑者。金棕色的長髮與雙眼，是個可愛的少女。開朗、大而化之。對自己人很好，有點排外。

沙維斯▼第六星區

隸屬聯盟軍部，無法得知任何底細，專門捉捕處刑者。眼與長髮都是淡灰色。冰冷不易親近，堅守正義。

噬・巴德▼朱火強盜團

朱火團長之一。黑髮褐眼，左臉有火焰圖騰。為了達到目的，可以使用任何手段。

美莉雅安奈・巴德▼朱火強盜團

朱火副團長之一，橘髮褐眼，左臉有火焰圖騰。冷漠高傲，只服從噬的命令。

這個世界充滿了虛偽與違反的罪惡。
讓我手握著懲罰之火，將火焰降臨於罪人之身，淨除不需之惡，願主保佑。

這是凱達斯特的第八百四十年。

凱達斯特星球上的人們幾個世代輪替之後，來到了科技頂端世紀，不同於前幾百年的機械、科技年代，人們在厭倦了那些儀器操弄之後，改以各種尖端科技與改造基因體爲主要發展目標。

在眾多努力之下，一百多年前各種技術已經達到巔峰，人們可以自由製造出各種不存在的生物與改變下一代，讓新一代具備更加優秀的體質與力量，還未出生就已經強過舊一代。

如果要讓老一輩來說，那眞的是各種神奇之物降臨的年代。

但是在巔峰時期卻開始了頂端科技與改造技術的搶奪戰爭，後來在戰爭中使用的毀滅性武器產生了各種爆炸與瓦解，那些所謂科技與衍生的各式各樣物質混合了各種雜質，反應變化後重組成另外一種東西，接著又分解成細小的粒子散布在空氣當中，改變了原本的空氣與海水。

這就是一百四十年前被後世稱爲「瓦倫維之戰」的世界巨大破壞性戰役。

也是影響後世紀最鉅的戰役。

序章

那是一整片湛藍無邊的海洋。

「不要跑太遠了喔。」

「好。」

大型商船「芙西」的甲板上，幾個孩子來回奔跑著。

這是艘很有名的船隻，集合了最頂級的工匠們與設計，吃水淺但載運量卻是一般商船的兩、三倍，航行速度更比一般商船還要快。船首、船尾設置了重要通訊接收與傳遞儀器，能有效聯結星區與星區之間的通訊，只要付費就能夠享有遠端聯繫的服務，是星區聯盟極少開放的民間連繫船之一。

「芙西」隸屬於第三星區的商業集團所有，除了通訊與運輸之外，也負責運載某些高貴的人們，不管是聯盟的高權人士，或是擁有各種影響力的高級富商，都是芙西載送的客人。爲了讓這些政商們能夠更享受這趟高級旅程，船上也有各種讓人享樂的活動，例如，每日下午提供奢侈的點心和集會活動，讓這些人們能夠在甲板上邊享用高級料理並觀賞海景，還不會感到任何顛簸——芙西最有名的就是航行中幾乎感覺不到搖晃，是艘安靜無聲又高速的特級船。

穿著華美的幾名婦人就坐在一旁爲客人們設置的桌椅邊，搖著絹扇看顧著孩子們邊說笑著，大抵談的就是些都市中的娛樂與最流行的話題。

「話說回來，最近的海域似乎不太平靜，海盜團又有增多的趨勢，聯盟星區雖然加強了海上部隊，但是聽說幾天前又有船艦被襲擊了。」搖著火紅色扇子、身分爲某運輸業富商的太太這樣說著：「聽我家男人的話，似乎又是同個海盜團，眞是可怕。」

「是啊，像這種沒有遠程飛行器的年代眞是不方便，聽說前世紀有所謂的飛行機組，像這樣星區與星區的距離，不用眨眼時間就能到達呢，哪需要這幾天的時間。」坐在一邊，前幾天才出現在新聞中的官夫人這樣應和著，「眞希望聯盟快點通過重新啓用大型機組科技，這種麻煩的時代眞是讓人受不了呢。」

「我很喜歡現在啊。」

軟軟稚嫩的聲音從旁邊傳來，原本正在喝茶的婦女們轉過一邊，看見個金髮藍眼、皮膚白皙粉嫩得像個陶瓷洋娃娃的小孩笑嘻嘻地站在桌邊，轉動著大大的清澈藍眼非常有活力的模樣，讓幾個婦人直呼好可愛，更有人出手摸摸孩子的頭。

「藍色大大的海很漂亮，樹也很漂亮，還有鳥……我很喜歡現在喔，不會受不了。」露出讓所有女性融化的甜甜笑容，金髮的孩子偷偷摸走了桌上的一盤點心，說完話後就樂得跑去和其他小孩分享了。

看著又玩在一起的孩子們，婦女群目光大多落在那個金髮的孩子身上，富商太太發出驚歎的聲音：「眞是可愛的孩子啊，不知道是誰家的小姐，如果我家的女兒也這麼可愛就好了。」

「是啊，眞的很可愛啊。」幾個婦女也跟著應和著。

「說起來，她究竟是誰家的孩子呢？」

「剛剛有看見是位保母帶著的，應該也是哪位大人的孩子吧。」

「妳們有沒有覺得從剛剛開始，船好像……」

「船怎麼了？」

就在富商太太問了這句話的同時，原本平靜的船身突然劇烈地搖晃起來，隨著女性們尖叫聲同時傳來的是警報的聲音。

「海盜團來了——」

「請快點下去船艙避難！」

訓練有素的水手與小型僱用部隊在警報響起時已經衝上甲板，協助所有大人小孩離開容易遭到攻擊的上層，接著各自站到所屬崗位，像是經過幾千百次的排練般，沒有一絲紊亂，很快地便已經排列好陣勢，等待攻擊者的到來。

就像陸地上有強盜團，海上的海盜團也不在少數，如芙西這種載滿了商品的大型商船在海盜們的眼中就是最高等的肥羊，幾乎每次出航都會被盯上，所以在很早之前，芙西的擁有者就已經培養好護船隊，有時候甚至不用等聯盟海上軍隊到達，就已經將掠奪者給收拾乾淨，甚至有時光用船速就足以甩掉海盜。

但是今天不一樣。

無聲無息出現的黑色掠奪船在晴朗的天空與海面間突兀得刺眼，幾乎沒有人知道這艘船是怎麼出現的，等到高處的遠望者發現時，它就已經在很靠近芙西的地方，而且還用不亞於芙西的高速追了上來。

「船上有高級的風或水能力者。」護船隊經驗豐富的隊長在發現黑船不正常的奇異速度後，立刻判斷出來。

他的判斷很快就被證實了。

高速衝來的黑船周圍有圈像是翅膀般展開的水霧，那圈不自然的水帶著黑船逼近了芙西，還未停下便已經轉變成水矛，連預告都沒有，就進行第一波攻擊。

有的海盜就像沒舌頭講話般，不發任何通告也不給被掠奪的對象任何選擇和生路，一靠近就是屠殺和搶奪，顯然黑船就是屬於這種。

「開啓防具，準備迎敵。」就和自己的手下們一樣鎮定，護船隊隊長揮出伴隨自己多年的長刀，沉著氣等待應敵。

就算海盜們有許多能力者，但是芙西的擁有者也早就經過申請，在護船隊中安置不少同樣擁有能力的人們，否則怎可能和海盜抗衡這麼久。

「全體穩住。」

隊長相信，他們必定能像前幾次一樣，迎來勝利。

第一話▼▼▼開始

十五年後　第七星區

他的信念與力量是來自於毀滅與死去的剎那。

這個世界充滿了罪惡的泥沼，在與白晝相對的黑夜之中，潛伏在任何人都看不見的地方，展開了邪惡又醜陋的翅膀。

最深層的罪惡通常是深不可見的，即使他就在你面前，即使他就是那個擦肩而過、微笑地擦拭著眼鏡、看來如此和藹可親的老人，即使他就坐在你的桌前與你談笑生風；你卻完全無法看見，在表皮之後，揚起的黑色。

當你在意眼前的漣漪時，卻無法窺見黑水之下有多深沉。

唯有見過那些的人，才會懂得沉默，退居到同樣的黑暗之中，選擇自己最適合的抗衡。

即使力量不夠，即使無法做到的事比能夠還多。

他相信堅定的信念將讓自己繼續向前走。

手持懲罰之火，一點一滴地洗淨不爲人所知的罪惡。

□

「出現了！」

「在第三街道住宅區，快點來人包圍！」

「啓動捕捉網！」

黑夜中，宵禁的街道上傳來各種傳遞訊息的叫嚷聲響，與白日喧鬧街景完全相異的無光暗夜中，幾十道身影快速移動，追捕著動作比他們更快速、如同鬼魅一般幾乎無法被儀器捉捕到的身影。

眨眼間，不似成人的嬌小身形避開了早就布置好的陷阱機具，而且還囂張地稍停幾秒，破壞了那些珍貴的系統連結，接著才竄得更遠。

在下面追捕的人完全不明白爲什麼眼前的逃跑者不用任何系統補助，就能總是跑在他們前面。

「夜魅放出沒！」

「夜魅已經出動了！」

帶著強速的風壓，削過追捕者們頭上的是巨大如同蝙蝠的形體，以幾乎沒有發出任何聲響的速度，快到眨眼間就追上了甩開他們的逃跑者。看到己方人手動作這麼快，被丟在大後方的追捕者們露出高興的表情，終於能在今天抓到對方，對上司有交代了——

尖銳的嘯音驚動了後面的人們。

那是種非一般人能夠發出的超音頻。

應該說，那並不是一種聲音，是某種像是刮玻璃一般的波動，絕對稱不上是什麼舒服的聲音，光是在遠處就可以感到雞皮疙瘩層層地冒出來，所有的肌肉和血管也像是被看不見的手緊緊扼住、跟著瞬間緊繃。

就在音波颳出同時，住宅區域猛地發出光亮，以他們爲圓心，設在地面的照明燈同時被打開，瞬間光亮強度讓人眼睛也跟著刺痛起來，連帶著不管是追捕者、夜魅或是逃亡者都照得一清二楚，宛如白晝一般。

戴著夜視器具的追捕者們立即撤掉可能反傷眼睛的用具，快速地包夾探照光中心點。

被稱作夜魅的是一隻比人還巨大的東西，擁有黑色大型的蝙蝠翅膀，在翅膀中間是像人類般的女性軀體，同樣的玲瓏有緻、面貌姣好，不同的是身體覆滿了黑色的細小鱗片，讓人感到怪異的鱗片，就算有光照上去也不會折射反映，看上去還是漆黑一片，這讓她在夜間高速飛行時不會被看出行蹤。

如果不看身體，那張蒼白的女性面孔卻是很美麗的，只可惜因爲身體外型的關係，就算再怎樣媚惑人心，保有一點理智的人還是不太願意去接近這種異物。

然後，在夜魅的面前，就是今天被追捕的逃亡者，在強光下根本無所遁形。

即使是無人敢近的夜魅，看見自己剛剛追捕的東西也不免一愣。

比孩童還要大一些的圓胖身軀，身體目測大概一百多公分上下、約有半人高，兩根長長的耳朵晃動著，紅通通的眼睛，以及柔軟的白色絨毛。

最可惡的是脖子上還打了條超級可愛的紅色緞帶。

放在商店中一定是每個孩子都搶著要搶著抱搶劫父母開錢包的大白兔娃娃，就站在夜魅面前。

如果是平常，她一定會大叫好可愛喔！然後跟一般女性一樣抱上去。

但是在這種時候、這種地點，夜魅除了愣之外還是愣，她的任務是追上獵物給予一擊，但是布娃娃……

兔子布娃娃……

紅通通的眼睛隨著可愛的兔子頭轉動了下，接著瞬間拔短腿衝出光亮中心點，這個舉動同時也驚醒了發怔中的夜魅，底下的人也跟著繼續追上去。

「兔子跑了！」

「圍補兔子重新開始！」

「快點抓兔子！」

□

第六星區

「攻擊失敗！四比三，瑟列格同學獲勝！」

隨著群眾的喧譁聲，在高台上靈巧往後一翻的男孩高高舉起手。

那是個非常小的男孩，藍色眼睛與白皙的小臉，看起來大概是十三、四歲上下，和被擊倒的二十歲左右的對手相差甚多。

被打倒在地的青年看起來就像是虛脫了一樣不斷喘氣，整個人很可憐地癱倒在地面，好像連一根指頭都移動不了，還是其他人來幫忙攙扶才下得了台。

勝負分出來之後，主持的播報員很有精神地繼續將聲音放送到大會場上任何一個角落：「這是星華學院年度武術競賽，目前已經到了前五強淘汰賽，場上進入白熱化。下場比賽將由呼聲最高、也是去年冠軍的三年級……」

聽著亢奮的報導聲，從台上退下到後方矮台內室後，男孩接過一旁朋友遞來的毛巾，用力抹掉臉上的血漬，齜牙咧嘴地說道：「痛死我了，沒想到李居然打得那麼大力。」

用力搓著連一百五十公分都沒有的矮小男孩頭，幫忙的幾個同學笑了出來，「李是去年的第三名耶，今天如果輸給你就連前五強都進不去，當然卯起來打。」

「哼哼哼，前五強註定有我的位置。」接過水，直接往頭上倒沖掉一頭的血漬，男

孩甩了甩頭，金色的短髮在太陽下閃閃發光，「可惡，居然打我臉，害我差點被打掉牙齒，說好不打臉不打要害……」

「你又不是靠臉吃飯。」同學們嬉鬧地說道。

「打臉很痛啊！」

幾乎是同時，場上又傳來驚呼聲，不同的是，以女性尖叫聲居多。

「啊，是去年的冠軍，三年級的柏特。」拿過毛巾，同學隨便在男孩頭上搓了幾下，便回頭往台上看，「青鳥，如果剛剛是對上柏特，你應該會瞬間被秒掉吧。」

擦著剩餘水珠的男孩也擠到旁邊看，不過因爲自己實在太矮，只好手腳並用爬到高大同學的身上去，剛好看見台上挺拔的身影，「應該吧，我也只有反應和速度比人快……不過也不見得會被柏特秒啊！」

「你被秒定了，柏特從入學那年開始已經連三年拿武術冠軍，去年也對付過速度型的參賽者。」也不介意對方爬到自己身上的同學，就這樣揹著人說道：「雖然武術比賽沒有年級限制，不過我們也才二年級，還比他少學一年正規武術，更別提人家原本就是軍官世家，本來就有不少實戰經驗了，秒死你。」

被同學們叫作青鳥的男孩抓抓白皙的臉，湛藍的眼睛看著台上高大的棕髮青年，有點羨慕又有點嫉妒地磨著牙，「明明大家都是二十歲上下，他居然那麼高……一定有超過一百九十吧，分個十公分給我多好。」

「你就算再高十公分還是會被秒掉啦。」揹著人的同學笑了起來。

「我的最終目標是最少再長個三十公分啦！」用力搓了朋友的頭，男孩看著台上的青年在五分鐘內擊倒對手、接受整票女孩歡呼時跳下別人的背，然後左右張望，「奇怪，琥珀呢？不是說好今天要來看我打前五強嗎？」

「琥珀學弟？」青年跟著轉過來左右看了一下，「對耶，這樣一說好像真的沒有看到人，搞不好沒有來，不然或多或少也會有騷動才對。」

「我被放鳥了！」青鳥震驚地倒退兩步，然後甩毛巾，「臭小子，居然敢騙我，我先去找人！」說著，他就快速從後台跑離了運動場。

巨大圓形會場內再度響起了歡呼聲。

留在後台原處的兩、三個同學們看著一溜煙跑掉的人，沒好氣地笑著直搖頭。

不管什麼狀況，那傢伙總是很有精神地直腦筋亂跑。

在青鳥離開後，前方的競技台上，選手也在分出勝負後退下場，將空地讓給下一組決鬥者。

沒多久，剛才在台上擊倒對手的柏特也走進後台，「剛剛那個小男生是誰家的小孩？」還沒下台他就瞄到有個小孩模樣的人很快地跑出去，他有點驚奇對方的速度，那種速度就連軍方裡的人也很少見，於是接過朋友拋過來的毛巾就順便問。

揹青鳥的二年級青年和朋友們笑了好幾聲：「柏特，你剛才沒有看上一場比賽嗎？」

柏特搖搖頭，「剛剛在小房間裡面聽教練說話，上場時候才過來。」

「那個是我們二年級的同學，叫青鳥．瑟列格，已經決定是前五強之一了喔。」在心底竊笑著跑掉的友人，青年咳了聲和學長介紹了下，「身高不滿一百五，而且還有娃娃臉，每個看到他的人都以爲是國中或小學學院的，不過跟我們一樣都二十歲了。」

愣了一下，柏特突然也跟著笑出來，「就是那個學妹們都在討論的青鳥同學嗎？我眞的沒有注意過他的樣子，果然很矮。但是速度很快，他之前的對手應該都是敗在速度上面吧。」

「是啊，青鳥最大的優點就是速度快跟反應快，所以我們都叫他是猴子，沒事他還會去爬學校的樹。」青年忍不住又笑了好幾聲，「而且大家都知道，青鳥最喜歡處刑者和軍方部隊，所以哪天發現他用閃閃發光的眼睛盯著你看……還有流口水之類的，都不用覺得太奇怪。」

「對啊，一年級第一次看見武術教官時，他就看著教官流口水，害我們都以爲他有奇怪性向。」

「結果後來又盯著二級軍官流口水，我們才知道原來他喜歡處刑者和部隊，而且更喜歡大塊的肌肉……所以你看到眞的不用覺得奇怪。」

這些事情都是流傳在同學間的笑話，畢竟會盯著人家身材和肌肉看到流口水的實在是沒幾個，更何況還同樣都是男性，第一次看到眞的會被他嚇一跳，但是熟了之後就覺得只是搞笑而已。

聽著幾個二年級的學弟七嘴八舌地講了起來，柏特不由得也跟著笑出來，「眞的是個小孩子。」

「不過你放心，他最多只會看到流口水，不會一口咬上去，不要管他就好了。」一開始回答問題的青年搧搧手，「而且他腦袋也很空，沒有什麼危險性。」

「聽起來好像是典型的狂熱者。」柏特也跟著一群人笑成一團。

「沒錯，就是這樣。」幾個同學毫不客氣地笑了出來。

再度看向男孩遠去的方向，柏特笑了笑，搖搖頭。

青鳥．瑟列格嗎……

□

「這是在瓦倫維之戰的一百四十年後。對於所有存活者來說，經歷過一百多年的戰後世界與百年前科技巔峰時已經有非常大的差異，光是在生存方式上就有極大的改變。百年後的新世紀，已經不是那種諸神降臨之所。」

「瓦倫維是改變凱達斯特最嚴重的一場戰爭，也因爲這場戰爭，影響了之後人們的生存方式與環境。」

「在我們的空氣中至今還充滿了那些無法處理的微粒子，經由武器和機具爆炸反應，被稱作『莉絲』的微粒子瞬間暴增後遍布全球，重組了空氣、土壤組成排列，就連海水也無法倖免。該粒子雖然證實平常應對人體無害，但是只要有大型機械模組啓動，使用的能源與帶來的力量都會與粒子相互反應同時造成嚴重爆炸與毒氣、各種可能會有的腐蝕反應等，當初的人們還不知道嚴重性，所以在瞬間因粒子反應爆裂喪失了數百萬人的性命後，星區才立即正視這等嚴重的後果。」

「同月，凱達斯特七個星區，以首領總長爲主，同時簽訂禁用條約，大型機組全部廢棄不再使用，因無法使用飛行器具，所以人們只能仰賴海上交通，被迫回歸到原始的人力船與低能源船才可通聯。」

「目前仍未找到解決方式，所以星區頒布禁令，爲了生存者的延續，所有星球上的居住者在生活上只能使用不受影響的小型系統與機械，嚴格限制非法機組與系統，如查獲則是最高級危險罪，可判無期徒刑至死刑。」

「非常好，沙里恩同學請坐下。」

站在講台上的教授切換著空氣中的排列文字，看了眼剛剛坐下的少年，繼續說著：

「也因爲這場戰役，目前凱達斯特七大星區雖然有超越水準的進步科技與知識，但是完全無法使用，必須回歸到無大型機械與低能源動力的生存年代。另外，這場戰役還出現了另一種被星區聯盟禁止的重大條約，所以……」

「琥珀！琥珀！」

打斷了講堂上教授的聲音，滿教室的學生同時抬起頭，看著從外面窗戶爬進來的人，金髮藍眼、個子嬌小的男孩無視於五樓的高度，沿著外面的大樹爬窗進來，然後在所有人目瞪口呆下，蹦蹦跳跳地跑向角落邊的友人、也就是剛剛回答教授問句的少年。

「可惡，你果然沒去，不是說好今天要去看我的競賽嗎！就說今天要打前五強……」

「咳咳。」

在少年還沒開口前，講台上的教授已經非常「用力」地咳嗽了幾聲，聲音大到連興沖沖要吹噓一下自己今日神勇的青鳥都意識到。

接著青鳥回過頭，一臉呆滯地看著台上的教授，「教授，你喉嚨癢嗎？」居然會咳得這麼大聲，哪種病才會有這種聲音？

下一秒，整間教室的學生都哄笑了起來。

黑髮的少年捂住臉，非常不想和對方講話。

「對了，我打進前五強……」

教授又重重咳了聲：「青鳥．瑟列格先生，現在是課堂時間，因爲您要去武術競賽才特別讓您不用上這堂課，但是看來您似乎非常地好學不倦，一比完連制服都還沒換就立即趕回我們還未結束的課。正好，本堂課正在講解瓦倫維之戰，請緊急趕回課堂上的您來跟我們說一說，在瓦倫維之戰後，同時出現、被星區聯盟禁止的重大條約吧。」

青鳥傻了三秒，接著一臉尷尬，下意識地看了眼剛剛回答那串落落長問題的室友兼學弟——琥珀．沙里恩。

「請不用看沙里恩同學，如果您回答不出這個幾乎是眾人皆知的條約，您或許可以像您的外貌一樣回去重讀中學學院……或許是小學學院，這個條約連小學孩子都知道。」

教授的話一說完，容納了五十人的偌大教室再度傳來一片哄笑聲。

青鳥苦著張臉，有點哀怨地看著拿他外表說笑的教授。

他是大學學院二年級的學生，今年也已經二十歲了，但是外表——金髮藍眼，皮膚白皙，乍聽之下好像很正常，不正常的是他的身高從中學之後就沒發育過了，到現在還矮人一截；最可惡的是跟身高一樣長不大的可愛娃娃臉。

矮加上娃娃臉，走在路上說自己是大學生都沒人相信，搭人力車還被當成小學生只要買半票……這眞是他心中永遠的痛。

「好、好吧……好像是盧貝……」

「貝魯特。」冷冷的細小聲音從他學弟那邊傳來。

耳力一向很好的青鳥馬上就聽到那三個字，然後他咳了一聲，很仔細地聽著對方提示的話：「貝魯特條例，這個是因爲能力……欸、我是說，前世代的研究造成很多改造者跟能力者……有的超級強，在打仗時候有壓倒性的毀滅力量，星區聯盟認爲能力者會造成嚴重的安全危害……什麼！這個力量超棒的好不好！根本可以用來懲奸鋤惡！伸張正義！就像兔俠……啊沒有，我是說這個力量很危險。」

聽到一半正憤慨想好好熱血發表一番時，他發現教授已經用懷疑的表情在瞪他了，坐在一邊的琥珀也用一種要拿刀插他千百遍的凶狠表情抹脖子。他抹了把冷汗連忙繼續說下去：「幸好隨著時間的流逝與聯盟共同壓制，在百年過後能力者已經開始銳減。但是還是有不少，所以七個星區聯盟共同頒布條約，未經過登記允許與授權，能力者不能擅自使用第二階段外發能力，尤其禁止對他人、社會與聯盟造成影響。情節嚴重者，可能會遭到永久囚禁、公開處刑或是以藥物強迫性廢除能力的處罰；同時也嚴禁任何違反聯盟條約的基因、科技等研究。」

「好，請到旁邊坐下。」雖然懷疑對方是不是有帶小抄，不過教授還是放他一馬，接著把這些所有人都知道的條例又講述了一遍：「貝魯特條例主要爲保護戰後世界，沒有大型機具和系統補助，居民生活上已經有極大不便，但是能力者還頻頻在星區中恣意使用力量危害普通民眾、搶奪財物與各種資源等。所以依照條款，聯盟組成了部隊專門追緝這些危險的能力者，這幾年也發現這些能力者自行非法組織，出現了幾個惡性重大的團體……」

聽著讓人發昏的解說，青鳥呼了口氣，支著下頷看向窗外。

能力者應該天生是懲奸鋤惡的大英雄嘛……

□

「琥珀，等我一下。」

好不容易熬到下課，收拾了東西的青鳥追著已經離開教室的室友兼學弟衝出去。

走在前面的人因爲受不了他的大呼小叫還引來走廊其他學生的側目，於是沒幾步就沒好氣地停下腳步，轉過來冷冷地看著他：「學長，我下一堂還有芳教授的課。」

「唉呦，下一堂課還很久，現在也中午了。」抓著學弟的手，青鳥直接拉著人轉往另外一個方向，「先去吃午餐再說，今天早上都在淘汰賽，累死我了，沒想到武術競賽居然會這麼累，明年不參加了可惡。」

被拉著走的琥珀看是甩不掉正在興頭上的人，只好認命地一起跟著下去，「五強決定了？」

「對啊，決定了，說到這個，昨天不是說好你要來看我打前五強嗎，怎麼放我鴿子！我本來打算一進入前五強，馬上抓你們去慶祝耶！」看著比他高很多的學弟，青鳥不禁有點哀怨。

據說是珍貴罕見的湖綠色眼睛外加一頭柔軟發亮削短的黑髮，細軟的髮絲在陽光下會映出寶石般的燦爛流光、非常美麗，而且整個人還透出淡淡的優雅氣質，不說可能會被以為是哪個貴族家的孩子。

雖然經常都沒什麼表情，不過那張臉眞是好看到連自己有時候看著看著都會流口水，皮膚又白白的看起來帶點稚氣很軟很好捏，未來一定會發展為女性殺手……眞是太可恨……最可恨的還是對方小他四歲，但是智力超高，從中學院跳級升上來沒兩年就已經把大學學院的學分都修完了，現在是跨著不同年級在聽他有興趣的課。

恐怖的是，雖然這樣跳著年級上課，但是琥珀完全沒有混亂感，不管是哪堂課、大考小考，他全都可以奪得第一，也間接給很多好學生壓力，還有傳聞說有人想要蓋他布袋還是拖進廁所打之類的，但是貌似都沒有成功。

也不知道琥珀究竟是怎樣看穿和擺脫這些布袋的。

青鳥瞇起眼睛，不管上看下看左看右看，他學弟眞的很有伸張正義、代天巡狩的料，不管是外面還是裡面通通都很適合。

世界上就是有這麼可惡的人，更可惡的是，自己的外貌看起來比琥珀還要更小……他的外表連十六歲的水平都沒達到！天啊！

「我有看，課堂下課時有在外圍，那時候你正上場。」無視於青鳥臉上五顏六色的情緒變化，很習慣對方什麼表情都會出現的琥珀不改一貫冷漠地說道：「對手的速度顯然比你慢很多，武技上也和你差不多，所以我想你應該會沒問題……況且我也實踐了去觀看的諾言。」

「哪有，我都沒看到你，誰知道你有沒有去看。」青鳥馬上回駁。

「晚點校園比賽紀錄影像出來時，你就知道了，我有看見鏡頭拍到我。」

「又不是親眼看到的哪裡算。」

「少辯。」琥珀白了對方一眼，接著才稍微柔化臉上冷硬的表情，「總之，恭喜學長今天進到前五強。」

青鳥嘿嘿嘿地笑起來，跟小孩子差不多的臉上滿滿都是得意，「所以今天午餐我請客，你可以點你最愛吃的奶油大蝦，可以吃兩盤都沒關係！三盤也完全沒問題！」

「……學長，你的好意我心領了，但是半小時後我還要回來上課。」比起蝦子，琥珀更不想錯過課程。

「沒關係沒關係，課這種東西就是要拿來蹺的，反正琥珀你都已經滿學分了，偶爾蹺一、兩次也不會怎樣啦，教授絕對不會想到你是蹺課，一定會覺得你有公事，不然就是吃東西吃太多拉肚子，絕對不會是刻意蹺課。到時候你就跟教授說『啊啊沒錯，一個不小心就吃錯東西了，眞是運氣不好啊』；教授就會回答你『下次小心點，快回位子上坐好吧』。」完全不覺得哪裡有問題的青鳥拍拍對方的肩膀，接著愉快地繼續拉著人跑。

琥珀整個無言，於是五分鐘之後，他就被拖到學院外圍的某家小餐館裡面了。

因爲今天是學院重要的年度武術競賽，教授們大多會允許學生提出去看比賽的申請，有的教授乾脆都不上課了，直接整班一起到賽場加油。

這個時間還有一、兩場未結束，所以即使是中午，餐館裡原本該有的覓食學生比平常少得多，甚至不到六個，整個看起來相當空曠。

點完菜之後，青鳥就坐回位子，笑嘻嘻地看著他家學弟。

被看了五分鐘之後，本來想趁等菜時間讀一下課堂上資料的琥珀也皺起眉，「學長，你到底在看什麼？」

青鳥抓抓臉，嘿嘿嘿地開口：「琥珀，你有沒有打算畢業之後，好好去闖蕩一下人生，爲平民百姓……」

「如果是成爲處刑者的話，恕我不奉陪。」琥珀打斷對方的話，從認識之後已經被問過幾千百次了，馬上就知道對方接下來想問什麼，「我也沒興趣成爲聯盟部隊，請你早點死心，死到不能再死、越徹底越好。」

青鳥垂下肩膀，把下巴貼在桌上，可憐兮兮地看著自己的學弟，「再考慮一下嘛？」

忍著拿盤子往對方頭上打下去的衝動，琥珀冷冷地開口：「完全不用考慮。」先不說擅自使用能力是違法的，基本上自己根本不是能力者，學長每次都在動這種不可能的歪腦筋。

再次被打槍的青鳥哀傷地把正臉貼到桌面上。

人生就是有這麼多不公平的事情。

他二十歲，還比琥珀多四歲，爲什麼身高還不到一百五，而且他也有腦子，爲什麼就沒辦法跟學弟一樣塞進超多的東西。

嗚喔，他也好想又高又帥，然後威風凜凜地去代替天空懲罰壞人。

從懂事開始，青鳥的願望就是長大要當處刑者，然後從懂事開始就被自己無良的保母不斷打擊——所謂正義使者是會被抓去關的，因爲動用力量就是觸犯現在的律法，是聯盟一致追緝的對象。

那沒關係！他可以當正義的蒙面使者！俗話說行善不欲人知，做善事別人不知道才是最高層次！所以他完全不介意，甚至還很快樂地挑了好幾種面具，打算有一天帥帥地出場。

懷抱著夢想，然後又被自己的娃娃臉和矮冬瓜給破滅了。

這張還有點嬰兒肥的可惡娃娃臉完全沒有一點英雄氣概，他整整期待了十年，連變形都沒變過……到底是誰說男孩子過了高中就會發育！就會長高的！到底長在哪裡啊他怎麼都不知道！這到底是什麼不會變形的詛咒！

他想長的東西全都在他學弟身上，一樣都輪不到自己。

每樣條件都具備的人卻一點都不想當懲奸鋤惡的處刑者！正義的一方！

就在青鳥越想越哀傷，正要蹲到角落去啜泣兩聲時，剛剛點的菜也開始上桌了，爲

了怕他們吃飯無聊，端菜的老闆順手打開了牆上的投影視訊，深入牆面的立體影像馬上開始活動了起來。

「學長，你看新聞。」剝著香噴噴的超大蝦子，琥珀適時開口，引起已經灰暗到不行的青鳥注意。

轉過頭，青鳥看見牆面上活動的影像後，立刻瞪大眼睛。

「昨天晚上，由第七星區傳遞來的消息，第七星區聯盟部隊再度發現兔俠蹤影，出現在住宅區域當中。該區部隊立即啟動特殊部隊與夜魅前往圍捕，但在天亮之時仍然錯失蹤影。目前部隊正在調查是否有受害者……」

「太帥了！伸張正義！剷除壞人果然是最讓人興奮的事情！」

一反剛剛的陰森加鬼火，從黑白突然躍升彩色的青鳥一腳踩上椅子，握著拳頭亢奮地對著影像開口：「殺殺殺！把壞人殺光光！普天之下唯有處刑者獨尊啊哈哈哈——」

「學長，可以拜託你安靜一點嗎。」坐在對面本來在剝蝦子的琥珀愣了半秒，接著

冷冷地開口打斷對方的熱血。

整間餐廳的人都看向他們這桌了，他家學長還把腳放在椅子上，完全無視他人的驚愕目光；但是坐在對面的他有視，而且還非常正視，這樣被看也太丟臉了！就算再多請一些蝦子他也不要！

本來還想多吼兩句以示內心激動的青鳥縮縮頭，吐吐舌，「抱歉抱歉，不過這個消息實在是太棒了，兔俠又再度贏得勝利，他實在是超帥的，前不久也……」

「青鳥．瑟列格先生，現在我完全不想知道關於兔俠的任何報導，不管他又去哪裡行俠仗義，又去哪邊懲奸鋤惡，或是在第七星區中又灑金救苦救難，我一點都不想聽。」直接打斷對方興沖沖想要分享的話，琥珀頓了下，湖綠色的眼睛一點也不客氣地一一把附近的視線都瞪回去，最後瞪著青鳥，警告性地開口：「還有，請你把腳從椅子上挪走。」再踏下去，這家餐館下次可能就不歡迎他們了。

「抱歉抱歉。」連忙把椅子上的腳放下來，青鳥擦乾淨腳印之後，坐回位子上，「所以說兔俠……」

「閉上嘴，吃你的飯。」

第二話▼▼▼強盜團

過午吃飽飯後，青鳥終於來得及在下午第一堂課開始之前，把琥珀給送回學院。

甩著掛在手上的甜點盒子，他哼著歌一跳一跳地走向宿舍。

這是第六星區最出名的學院「星華」，採全體學生住宿管理制，就算是住在學校隔壁，也得強制住進學院裡，與其他人一起學習各式各樣的課程與技能。

星華是以招收大學學生爲主，近兩年應家長要求，在學院附近加蓋了高中到小學等迷你學院。

其實要進星華學院非常麻煩，而且進來之後更麻煩。

舉個例來說，青鳥最討厭的就是考試，但是偏偏第六星區這座最高級學院「星華」最喜歡的就是考試，平均一週可以有五、六次的測驗，就是要讓學生們確確實實記住所有資訊，好在出學院之後能夠比他人更高一等。

雖然是以嚴厲與高學分出名，但是學院本身並不只注重於讀書方面，在武術與各種運動、藝術上也都均衡發展，只要擁有一種才華，學院都可以盡力栽培，這也就是青鳥每次都差點被當掉，遊走在要死不死的及格分邊緣還可以順利存活的最主要原因。

可是該考的還是得考，該被笑的還是會被笑，像他也會在武術課時笑運動神經不發達的人，出來混的總是要還，在文課上被嘲笑幾次也是無可避免的。

即使如此，他還是很喜歡學校。

喜歡那些沒事就笑他矮、笑他像小孩的老師和教授，喜歡那些總是叫他小弟弟的同學，還有每次都冷眼看他，但是無論如何都會幫他考試作弊的學弟。

還有，這種到處都是認識的同學、老師，每個人都能打上招呼、叫上名字的感覺。

比起已經沒人的家裡，他真的非常喜歡這裡。

蹦到宿舍前面時，青鳥也沒進去，直接在前面最大片的樹蔭與草皮上躺下去，還來回滾動了一、兩下，這是他每天最喜歡做的事情。

瓦倫維戰爭之後，禁止使用大型機械和高能源機具，當然也不能再使用舊式的科技工廠，高樓也開始逐漸被夷平，避免樓層過高，循環能源時引起莉絲爆炸，所以新建的屋子全都是低矮的房舍。結果在污染狀況全部下降幾乎歸零的百年後現在，綠色植物重新自土地中長出，到處都是一片綠意盎然，看起來非常舒爽，天空也無比湛藍，令人心情非常地好。

尤其莉絲似乎含有催化植物生長的元素，所以各種植物生展得更迅速，短短百年就已經超越了之前的農業時代，糧食不必再經過人工合成，稻米、小麥可以從開始被淨化的土地中直接生長出來。

前世代中遺留下非常多的科技建築物，高聳入雲的流線型高樓與擁有美麗外表的尖塔，留存在影像中的過往畫面告訴他們，這些建築物運作時的能源光環繞在各處，是一種無法形容的美。

但是莉絲出現之後，所有高能源的建築物幾乎都已廢棄，環繞光不再，失去光彩的樓塔不再受到青睞，未被拆除的除了因具有實用性而被留下以外，其餘的就只能靜靜地等待著被改變的那天。

上世代的高樓建築與現代的低層建築交雜錯落在更新的土地上，妝點著各式各樣的綠色植物，只僅供百年後的他們瞻仰。

人們就是生活在這種好像很進步但是又很原始的環境當中。

青鳥其實很喜歡這種又高又大的樹，還有舒服的草皮，會跳的小蟲也喜歡，有淡淡香氣的花也是，所以他並不覺得這種生活方式有什麼不便。

實際上，百年下來人們也差不多都習慣了，雖然還是有不少人想要恢復高科技年代，但是也有不少人支持現狀生活。

仰看著藍藍的天空，青鳥打了個哈欠，正想趁著午後暖洋洋太陽的熱度來小睡一下時，附近就傳來某種訕笑的說話聲——

「呦呦，這不是那個擁戴處刑者的笨蛋嗎。」

青鳥睜開眼，果然看到兩、三個同班同學就站在不遠處，似乎也是剛下課要回宿舍的樣子。

那些人的制服整整齊齊地打理得非常乾淨，和剛剛在草地上滾過的自己不太一樣。

話說回來，琥珀的制服向來也都弄得很整齊乾淨就是，而且每次都會連他的一起清洗和整燙，真的很賢慧。

不過琥珀才不會這樣隨便嘲弄別人。

「連貝魯特條例都不知道的小朋友，快點回去小學上課吧，考不好媽媽還會買糖果給你喔。」帶頭的高大男生與同伴哈哈笑著。

這個人叫作盧林，是班上的第二名，青鳥知道如果沒有琥珀的話，他應該就是第一名了，但是也就只是班級上的排名，以年級排名來看，他離第一還有點距離。雖然是這樣說，但是對於第一名被琥珀搶走，聽說也抱怨不少就是。

而且因爲成績不錯，聽說家裡也有點背景……似乎是什麼很厲害的商人的孩子吧，所以還滿瞧不起其他人的。

青鳥抓抓臉，從草地上坐了起來，其實有點不太想和對方打交道，對他來講，最棘手的就是這種人。「盧林，你們等等沒有課喔？」

「當然有，只是回來拿上次教授交代的試作品，和你不一樣，我們可忙得很。」高壯的盧林扠著手，冷笑了聲：「我們可是研究組的，和你這種只有體能好的組別不一樣，今天是防禦莉絲的試作品實驗日……」

「咦！你們有做防禦莉絲的低能源機械了喔？」青鳥睜大眼睛，很有興趣地直接跑過去詢問：「是個人使用的輕型，還是大型機具可使用的重型？」

「當、當然是輕型。」被他突然用這麼崇拜的視線一看，盧林也愣了有幾秒，但是這種崇拜目光也讓他有點得意，所以就告訴了對方現在的目標。「現在防禦莉絲的技術還不是很成熟，雖然有不少研發品和販售品，可是持續時間都不久，很快就會被莉絲侵蝕……我們這學期的研究目標就是要想辦法研發出可以持續長時間抵擋的護具，如果在個人上可以應用成功，以後也可以用在大型機械上。」

「喔喔！好棒喔，如果眞的可以研發出大型機具可用的防具，這樣很多受制莉絲的交通運輸機械就能重新製作了。」青鳥跟著連連點頭，雖然他不是很喜歡盧林，但是對方腦袋好是無可否認的，而且還要做這麼厲害的東西……頭腦好的人果然就是不一樣。

「哼哼，那是當然，我的目標就是做出長效防具，這樣就能夠順利加入第一星區的尖端研發團隊中。」有點憐憫地看著腦袋空空的青鳥，盧林咳了聲：「總之，如果我們的理論正確，肯定很快就可以有點成果出來了。」

「眞棒，這樣就可以到其他星區去遊覽了。」早就想到各地去看處刑者的青鳥眼睛發亮地看著不討喜的同學，「一定要加油喔！」

「廢、廢話，不用你講我們也會的。」本來是要來嘲笑人的盧林看對方這麼赤裸裸地崇拜，也突然覺得自討沒趣，「沒意思，我們走吧。」果然笨蛋就是笨蛋，一點都不好玩。

看著三個同學走掉，突然不知道他們是來幹嘛的青鳥就這樣目送一群人離開，然後躺回草地上。

如果眞的能做出遠程長效防具，應該會很有意思。

那會是多久之後的事情呢……

□

才剛閉上眼睛，轟然一聲巨響傳遍了整個學校。

被嚇到跳起來的青鳥瞪大眼睛，和從各處跑出來的其他學生們包括盧林等人一樣，瞪向巨大爆炸聲響的來源——他才剛從那邊回來的教室大樓。

某種他從來沒看過的超大型機械撞在大樓上，引起強烈爆炸，剛剛琥珀在課堂上所講的「莉絲」，幾乎在同一時間被捲入爆裂中，空氣瞬間引燃轟開，擴散出不祥的紫黑色霧氣與火焰，一接觸到那種顏色的氣流，連高純度金屬組成的大樓也開始遭到腐蝕。

校園在那瞬間發出了震天警笛和紅色危險警戒燈號。

「飛行器……」

「那是飛行器嗎！」

在附近的學生大叫著：「莉絲爆炸了，快點逃！」

驚慌的尖叫聲不斷傳來，原本還錯愕站在原地的學生們，在看見紫黑霧氣後用盡最大的力氣往反方向奔逃，完全不敢再回頭，也不敢去確認教學大樓上發生的任何事情。

「莉絲」的連鎖爆炸擴散得非常快，幾乎在瞬間就已經瀰漫大半片天空，那些紫黑霧遮去了藍天與溫暖的陽光，轟隆隆的聲響像是雷般不斷地往四面八方擴張。

他看見，在大樓附近來不及逃走的學生被捲入黑霧後，眨眼就被爆炸和毒物碎成一灘泥肉，看不出來原本的樣子。

見到這種可怕的畫面，還大膽想留著的幾個學生也不敢再看，驚恐地逃開。

課堂上那些讓人發昏的論述，現在就活生生如同地獄般出現在自己眼前。

青鳥傻傻地看著巨大的飛行器和開始噴出火焰的教室大樓，第一時間想到的不是逃走，而是琥珀、他的同學還有剛剛在課堂上取笑他的教授……那些老師們！

「校內的同學請盡快離開校園範圍，前往避難所！」

不知道什麼時候，安全警衛已經出現在各處引導著驚慌的學生們，有的學生嚇到根本無法移動，甚至有癱倒在地上哭泣的，被警衛一個個拖著往外走。

「同學，請快點離開！」年輕的安全警衛匆匆跑到還沒移動的青鳥面前，用力推著他，「估計『莉絲』在五分鐘內會吞噬學院，快點跟其他人一起到避難所！」

終於回過神來，青鳥看著經過訓練、此時仍面不改色的警衛們，「可是你們……」

「警衛們都佩有安全防具，可以在『莉絲』中支撐一小段時間，快點出去！」抬起手，年輕的警衛讓學生看見自己手上的展開型氣流護具，「不用擔心！也不要回去拿任何東西，現在快點撤離！」

「可、可是……」琥珀他們怎麼辦！

他從來沒見過那麼大的飛行器，也從來沒看過「莉絲」爆炸居然會這麼可怕，影片上所展現的根本無法表現出百萬分之一的恐怖與戰慄。

「這是我們的責任！快走！」

青鳥愣了下。對啊，確認之類的工作是警衛的責任，他只是個學生……但是他……

看他還在遲疑，警衛又推了他一下，接著轉身往爆炸中心跑去，協助更多學生、教員安全離開威脅。

他轉頭，看見了高大的綠樹在燃燒。

大樓噴出的火星點燃了周圍植物，更多的樹變得像是火炬般瘋狂地熊熊燒灼，然後引起了更多爆炸。

這樣不行，琥珀他們一定很危險！

左右張望了下，青鳥想起了教學大樓應該跟宿舍一樣，都有地下通道和運輸出入口，現在爆炸發生處是在教學大樓上方，那些管道應該還不受影響，不管如何他都不能眼睜睜看著自己認識的師長和同學們永遠消失在那個地獄般的地方。

「開玩笑，我可是要當處刑者的人！」

能力者天生就比別人強，影片中英雄都會說這是老天贈送的禮物，所以這是責任，必須保護他人、與生俱來的責任。

按著肩膀，青鳥深深地吸了口氣，然後用連安全警衛都來不及攔住的驚人速度，避開了不斷爆炸與彈跳火星的區域往大樓方向衝去。

是說如果在裡面掛了怎麼辦？

跑到一半時，他突然想到這個問題。

「算了，只好拜託神下輩子讓我投胎當正義使者好了。」

□

教室在搖晃。

琥珀剛清醒時，就聽見很多哭聲，那種比較低、像是驚恐至極的壓抑哭泣聲，男的女的都有，數量相當多。

一睜開眼睛他便感覺到強烈的噁心感和暈眩……

對了，似乎是在進教室不久後就聽到很大的爆炸聲，還沒意識到發生什麼事情時，他就頭一痛，陷入黑暗，看來應該是被什麼打到而暈過去。

只能說還好打到他的東西不算大，只是暈倒而不是爆腦已經是不幸中的大幸。

默數了幾秒後，暈眩感降低不少，他才重新睜開眼睛，這才發現自己躺在滿是桌椅門窗碎片的教室地面上，外頭不斷傳來轟隆隆的爆炸聲響，身體底下的地板也同樣震動個不停，似乎整棟教室隨時都會因爲那些爆裂瓦解。

比較危機的是，琥珀試圖想起身時才發現自己的手遭到綑綁，束在背後無法自由動作，手上的隨身儀器似乎也都被關閉，無法做緊急處置。

冷靜地環顧周圍，他發現剛才聽到的那些哭泣聲都來自旁邊的同學和老師們，大概二十多人，也跟他一樣全遭到綑綁，每個人都低著頭流眼淚，沒人敢發出更大的聲音。

接著，是站在講台處，幾個完全不認識的黑衣人。

「這棟建築物應該很快就撐不住了。」黑衣人在教室又晃動了幾下之後轉頭說道。

四、五個黑衣人中，有一名看起來像是首領、黑髮左臉紋著火焰圖案的粗獷男人，他的腳邊還躺著一具同學的屍體。琥珀認出來，那個是一位武鬥術很好的學長，今天上午才剛被青鳥打敗，飲恨沒有成為前五強。

此時那個學長被扭斷脖子，頭顱被轉了一百八十度，半張臉凹陷，死狀非常淒慘。

「雷利還在下載飛行器上的資料，美莉雅去找地下通道了，應該馬上可以撤離，在此之前，先將這些存活的當作籌碼，避免聯盟軍第一時間攔截。」臉上有著火焰圖案的男人冷酷地下著命令：「等等每隔十分鐘就殺一個，將屍體掛在窗戶上，作為對聯盟軍的警告，最後留下五個活口作為人質帶著撤退。」

聽到男人的話，無法忍受的女學生們發出淒厲的哭聲。

男人皺起眉，突然大步跨來，一把抓住尖叫的女學生長髮，用力將她拖出人群，然後接住了同夥扔過來的獵刀，直接朝女學生脖子抹下；最後他甩開刀與屍體，轉頭告訴同伴：「這是第一個。」

所有人都噤聲了，只能眼睜睜看著那些黑衣人將同學的屍體拖走，用繩子繫住脖子吊在窗戶上。

遺留的濃稠黑紅色血液在地面擴散開來。

一隻黑色的鞋子踩在還有溫度的血液上，踏出了血印走過來，站在琥珀面前。

抬起頭，他看見剛剛才殺死同學的男人出現在上方，巨大的黑影幾乎將他完全籠罩，對方盯著他看了半晌，臉上露出了某種有趣的表情，「……湖水綠，沒想到亂七八糟的一天還可以拿到這麼好的商品，這種氣質是個高價貨吧。」

還來不及反應，琥珀就被人粗暴地扯起，抓住他脖子的男人直接將他扔到武術學長的屍體旁，「克諾，這個帶著走，砸了飛行器多少還可以拿點補償。」

被摔得七葷八素的琥珀好不容易才壓住嘔吐感，勉強坐起。

叫作克諾的同夥是個高大的中年人，有糾結賁起的肌肉和整整大了男人一圈的身體，站在一般人面前像座小山一樣給人極大的壓迫感，有點渾濁的褐色眼睛往地上的琥珀看過去，疑惑地看了幾秒後才開口：「小子，你看起來夠鎮定……該不會是剛清醒還搞不清楚狀況吧？」

居然沒有像那些吵死人的大人小孩一樣又哭又叫，而且還一臉冷靜、沒有任何表情地一一看過他們這些人。

「清楚，你們可能是能力者組成的強盜團。」琥珀淡淡地開口，引起佔領教室的五人組注意，「由剛才的對話與外面的狀況判斷，你們應該是使用了某種能短暫不驚動『莉絲』的方式開動飛行器，被聯盟部隊追緝時，由於某種原因墜毀在我們學校上；而現在你們的首領盯上我的眼睛，想帶去非法市集。」

「你……」克諾目瞪口呆地看著非常年輕的小孩子。

室內突然安靜了下來。

剛才的男人踏著血印走回來，居高臨下地看著「商品」，然後冷笑了聲：「像你這種類型的傢伙我們在聯盟軍也看多了，冷靜、分析、不受當下情緒影響混亂自己，能用最快的速度了解全部情勢，腦袋非常好；如果讓你順利畢業應該也會被聯盟軍徵召吧。」說著，他蹲下，與眼前有趣的學生平視，手指慢慢地從對方眼角劃過去，拉出了一絲血線，「不賣掉的話，當我們『朱火』的一員如何？」

「……強盜團『朱火』？」聽到這個還算熟悉的名字，琥珀想了下，「毫無品德的惡劣強盜團，仗著擁有許多能力者的優勢搶奪財物，四處屠殺，已經被聯盟軍瓦解很多次，但是不斷召集通緝犯重新組成……我拒絕。」

「哈！那你就等著上市場吧！」也很乾脆，男人直接站起身，把玩著獵刀本來想先剁了這個小孩的幾根手指，但是考慮到商品完整性的價位高低，也只好聳聳肩暫時忍住，「我期待到時候會開出怎樣的價錢。」

「我也期待，當『荒地』聽見『朱火』販售湖水綠時，會有什麼反應。」琥珀緩緩地開口，音量雖然不大，但是眼前的男人卻聽得一清二楚。

猛地轉過頭，男人凌厲地瞪著剛剛吐出那四個字的少年，「你是他們的什麼人！」

琥珀勾起冷笑。

「這小子有鬼。」克諾走過來，抽出了寬刃刀，「不要管湖水綠的價錢，宰了他省事！」

「等等，如果他是荒地的人……」男人皺起眉。

「反正我們在這間學校殺的人那麼多，到時候只要推說是誤殺，誰知道荒地的人會在這種高級學院裡。」動了殺意的克諾將刀抵在少年頸側，「而且荒地的人不可能會在這種高級學院當學生，不管他是荒地的人、或是只在故弄玄虛，應該杜絕後患。」

男人點頭，同意了同伴的說法，「殺掉。」

睜著眼睛，琥珀感覺到刺痛從頸邊傳來時，某種東西突然蹭過自己的臉，打在寬刀上，耳邊傳來了金屬碰撞聲響，那柄刀硬生生地向外彈開了去。

「你們怎麼可以隨便殺人！」

隨著聲音，剛剛才逃過一死的琥珀看見了上午還在武術比賽中、那個最有可能奪得冠軍的學長一身是血地出現在教室門邊。

「柏特！」被圈起來的學生群中有人低聲叫出對方的名字。

男人挑起眉，冷笑。

柏特看著滿教室的屍體，以及所剩的師生們。

就和其他人一樣，他也不明白爲什麼大樓會突然爆炸，上午比賽結束之後，他沖了澡換過衣服，下午就趕回來上課。

但是第一堂課沒開始多久，就轟然一聲巨響，整棟大樓劇烈震動，外面的空氣染火爆炸，莉絲蔓延出強烈毒性，幾乎在瞬間半座教學大樓外圍就陷入火海和毒氣中。

在天花板和牆壁、地板因爲爆炸崩落時，柏特也被打個正著，不管是不是武術冠軍，在這種時候連一點抵抗力都沒有，幸好他的傷勢不太嚴重，幫助了倖存的老師、同學們先逃離之後，就往上看看還有沒有存活的人。

搜到上方時，剛好就看見陌生人在教室中揮刀的畫面。

他看著，講台上剛剛差點被割斷脖子的少年穿著學院的制服，湖水綠的眼睛看過來與他對上視線，他立刻就知道這人是誰了。

就像上午的青年們說的一樣，他沒見過的青鳥很有名，擁有珍貴湖水綠眼睛、而且還是學院第一名的少年也相當有名。

那雙眼睛，眞的是非常漂亮，清澈乾淨得像是最昂貴的寶石。

「又是個不知死活的學生嗎？」站在學弟身邊的黑衣男人露出冰冷的笑，然後踢了踢一邊的屍體，「據說是學院武術比賽的，剛剛殺掉一個。」

看著地上的屍體，柏特轉回看著男人，「你們是能力者？學生和老師應該和你們沒有什麼仇恨，請快點釋放其他人。」

「朱火不會留下任何活口。」男人抬抬下巴，周圍的同伴立刻圍了上去。

柏特愣了一下，然後瞇起眼睛，再度環顧了教室中的人，只能先做最壞的打算，看能夠盡力救幾個就幾個。

「只好這樣做了。」

在柏特說完話同時，一股氣流直衝室內，捲開窗外不斷噴濺進來的火焰。

「原來也是能力者嗎？」男人抬起手，銳利的風刃直接在他的手臂上割出血痕。

「是，雖然可能會違反律法，但是不能讓老師與同學們被你們這些強盜殺害。」看著左右包夾過來的強盜們，柏特抬起手，謹慎地使用自己的力量，慢慢踏進教室。

「已經很久沒人可以在我身上留下傷痕了，克諾。」並不打算自己出手，男人對手下示意著，其他似乎同樣擁有非法能力的黑衣同夥直接衝了上去。

對強盜來說，並沒有所謂正大光明一對一決鬥的概念，他們只要把擋在前面的礙事者殺掉就可以了，至於死前要玩弄或讓對方極痛苦地等待死神，都是稍後一點的事。

看著那名學長，雖然不知道他的能力有多強，但是琥珀對於對方的基礎認知感覺到他應該沒辦法同時應付那麼多亡命之徒。

下意識正想分析時，冰冷的刀鋒由後貼上他的頸側。

「這種時候還這麼冷靜，你果然不太一樣。再問一次，要不要加入朱火？」男人的聲音由後傳來，不過這次加上了某種玩味的語氣，「對了，你回答一次『不』，我就殺掉你一個同學或老師，第二次就再殺一個，現在你的回答如何？」

「……朱火難道已經沒有團員了嗎？得要使用到這種手段迫人入團。」沉默了一下，琥珀選擇什麼都不回答。

男人冷笑了一聲，用刀面拍拍少年的臉頰，然後走到對方面前，「朱火遠比你們想像的還要多人，但是多一個也沒關係，重要的是我有興趣，快回答。」

閉上嘴，琥珀看著臉邊的刀，裝出思考的樣子。他不想害其他人，但是也不想壯烈犧牲自己的性命什麼的……而且就算他自己抹刀，對方還是會把老師跟同學都殺光，這種方式實在是沒什麼可行性。

「我剛剛忘記說，選擇沉默也一樣，一次不回答就殺一個。」

在說話同時，男人手上的刀已經脫手，直接朝最近的女同學身上飛去，琥珀甚至來不及開口阻止，只能眼睜睜看著刀刃沒入來不及避開的同學小腿，伴隨著淒厲的尖叫聲，血液就在地板上擴張開來。

「等等。」在男人皺眉想上去補刀時，琥珀連忙開口：「把所有人都放掉，就答應。」他注意到柏特果然敵不過那些強盜團的人，已經開始被打得節節敗退，身上的傷口越來越多，有幾次刀都差點落在致命要害上，他只能勉強躲過。

從身後拔出另一把獵刀，男人冷笑了兩聲：「放掉之後，聯盟衝進來，我們就少了談判的條件，你認爲我們會答應這種可笑的條件嗎。你雖然冷靜又聰明，但是果然還只是小孩子，只要被逼緊就會和普通人一樣用眼前狀況打算。」

「我想你也會這樣覺得。」看了眼同學們，琥珀皺起眉，「我所想的各種方法在計算後都沒用，與強盜團無法用正常方式溝通，最壞的打算只能先答應，試試看運氣。」

他從剛剛開始就在不斷地計算和評估，在用整個教室的人和他們會的武術下去運算後，琥珀可悲地發現他們完全沒有勝算，就算多了柏特也一樣。而且顯然站在他面前的強盜團都是不聽人話的狂人，只想要達成自己的目的和嗜血，如果沒有能引起他們興趣的誘因，教室裡殘存的人是不可能得救的。

這樣一來就要從強盜給他的選擇中做考量，答應的話說不定會有某方面的轉機，但是他就得像那隻死青鳥說的一樣犧牲自己成全別人——他非常不想這樣做，而且也不認爲應該要這樣做，畢竟他沒有青鳥那麼愛護周遭的人。

既然無法等到聯盟部隊來，那就只能拚運氣了。

其實試試運氣是那個青鳥最常做的事，但琥珀在各種推算下，也只能用這方式了。

男人挑起眉，看了看那群師生，接著用刀背抓抓頭又轉回看臉色還是沒什麼改變的少年，「我還以爲，像你這種人應該不會特別在意別人生死，沒想到會想辦法救人。」

「……不然會被罵。」琥珀咕噥地說。

「什麼？」

不救人會被那個每天都在想英雄跟懲奸鋤惡的人罵。

琥珀有點怨恨地想著，他本來也不特別想救人，但是袖手旁觀絕對會被罵，跟青鳥認識兩、三年下來幾乎天天都被罵，什麼做人要正氣、做事要正義，腦子裡裝的最好就是如何拯救他人犧牲自己之類的。

結果他就被洗腦了嗎！

現在這樣就是被洗腦了啊！

可惡！

他就知道天天聽那些熱血正義，不被洗腦都會有餘毒！

「所以現在你決定呢？」

「我……」琥珀突然停了聲，看著男人身後窗戶外出現的東西。

那是個很小的身影，跟經常爬窗戶冒出來的青鳥差不多大小……應該比青鳥還小啦，只是多了兩根，所以高度就差不多了。

兩根長長的耳朵晃啊晃的，紅通通的眼睛折射著燈光，白色的脖子上還綁著紅色的鈴鐺緞帶，柔軟的身體看起來就是很好抱的樣子。

不知道從哪裡爬上來的大白兔娃娃伸出肥短的絨布掌，指向了教室裡的強盜團，一臉正氣地發出聲音——

「全部天誅。」

第三話▼▼▼兔俠

青鳥用力推開了門，從連外的地下通風口順利進到了地下室。

「嗚啊，這樣居然都進得來，看來我搞不好眞的有當處刑者的天分，如果每天補充鈣質可以增高十公分，我從今天開始一定天天吃鈣吃到兩百公分。」拍掉了身上的髒灰，覺得自己搞不好有點幸運的青鳥看著好像眞的還沒被影響到、保持完好的地下室。

這樣看起來，內部教室應該還有點希望。

努力喚起自己完全不可靠的記憶，青鳥打開第二扇門正打算往上走時，突然感覺到某種危險氣息，接著他本能往後一跳，正好險險閃過從外面揮過來的刀。

「嗚哇喔！謀殺啊！」他甚至可以看到刀鋒往臉旁邊擦過去，只要晚個一秒，當場被劈過去的肯定就是他的臉。

站穩身體，他看見持刀的是個完全沒見過的女孩子，穿的也不是學校的統一制服，外表看起來可能比他大不了多少……呸呸呸，應該是比自己小不少，看起來大概十五、六歲的少女，小麥色的左臉頰上有個火焰的圖案，橘色的半長髮在腦後束成馬尾，褐色的眼睛陰毒地瞪著他。

女孩的手上戴著和剛剛遇到的警衛很類似的安全防具，是種打開之後會出現特殊氣流包覆在身體四周、暫時排開大量莉絲與毒氣的特殊防具。莉絲不爆炸時也可以應用在處理各種毒物和煙霧造成的災難上，但是持續性不久，如果遇到大量毒物時，安全保證時間就更短暫了，是緊急才使用的東西。

青鳥瞇起眼，他看見女孩刀上都是血，從她走進來之處還見到有穿著校園警衛服裝的人一動也不動地躺在血泊中。

「妳不是學校的人。」就算自己腦袋再怎樣不好，青鳥也能立刻判斷出是女孩殺死警衛，而且她可能還和飛行器有關。

「去死。」也不給交談的機會，女孩揮舞著刀子，突然就往他砍來。

往後避開，青鳥快速閃躲了兩、三次對方的攻擊，讓她連衣角都掃不到，接著在對方吃驚的同時踢了下地板，直接翻身滾到門邊。「小小年紀這麼狠毒，將來一定很糟糕，先不管妳了。」主要是他根本沒把握可以跟這個招招置人於死的小女孩對打，於是他乾脆撂完話，一溜煙就往樓梯上跑。

不是他自誇，速度與逃跑這種事對青鳥來說可是很在行的，到現在學校裡還沒有人可以跑得過他，他們學院之前還想把他訓練成星區大陸第一飛毛腿呢！

「別跑！」

雖然發出警告性的叫聲，但女孩竟然沒有跟上來，這讓青鳥感到有點奇怪，不過既然對方沒追上來，他當然也就不客氣，這種時候不跑還等她砍咧。

衝往樓梯的途中，看見幾個被殺死的警衛時，他也不忘把亡者手上的防具多拔幾個下來，以免等等救人需要。

記得琥珀下午是在靠近內側的室內教室上課……

在長長的走廊奔跑，青鳥還可以聽見外面不斷傳來爆炸聲響，大樓也不斷晃動著，天花板石塊持續掉落，門窗和玻璃也爆裂碎開，雖然他動作很快地躲避，但是也好幾次被劃傷了，不管是臉上還是手腳身上的血痕越來越多。

不怎麼好用的腦袋拚命想著如果找到老師和同學，要叫他們走另一條地下通道躲避，本來還在煩惱人多防具會不會不夠用，但是在看到連續幾間教室都只剩屍體之後，青鳥就有點絕望了。

可見得活人不多，就算找到兩、三個，都在他從一堆血泊中拖出來就斷氣了。

一開始他的手還會不斷發抖，到後來簡直是麻木了，在這種極度緊張的氣氛下又重複看見那麼多血淋淋的屍體，某種怪異的感覺已經掩蓋過剛開始的震驚和悲傷，到後來連手都不抖了，就只是機械式地反覆拉出人，然後確認是屍體還是活口。

有的教室根本已經陷入一片火海，連確認都無法，只能看見隱隱約約的幾個黑色人型在火焰中被吞噬崩解。

打開了防具，青鳥讓特殊機械產生的氣流隔開火焰與熱氣，但是在這種狀況下肯定很快就會再引起莉絲爆炸、無法支持平常可發揮功能的時間，所以得盡快……

「站住！」

猛地躲開，還以爲這次又是一刀劈過來的青鳥避開後才發現沒東西，而且聽起來還不是剛剛那個女孩子，一轉頭看見的是個青年才鬆了口氣。

「……看你的制服是學生，怎麼不快點去避難？」大概二十多歲的青年走過來，問道。

「呃，我來找我學弟。」抓抓頭，青鳥注意到這個人很眼生，黑髮、皮膚的顏色很深褐，口音有點怪，衣服打扮也有點怪，看起來不大像是他們所在第六星區的人，難道是遷移過來的其他星區住民嗎？

不過和剛剛的女孩比起來，眼前這個人幾乎完全沒有敵意，甚至還有點緊張地看著他，似乎眞的是在擔心他的安危。

「裡面很危險，除了莉絲隨時會擴散進來之外，還有強盜團的人，你馬上離開這個地方。」

強盜團？

「是那個飛行器的？那個是強盜團？」這樣怎麼得了！青鳥瞪大眼睛，馬上想起在下層遇到的那個奇怪女孩，「啊！所以地下室那個應該也是強盜團的，我就想說怎麼會有奇怪的人在下面，臉上還有火焰……」

一聽到他的話，青年馬上皺起眉，「是在找逃生路徑嗎，可惡，原來不是只有飛行器上那個……你現在快點離開這個地方就對了。」說完，他就往樓梯下跑去，「快下去！聯盟軍應該已經到了，這邊很危險！千萬不要繼續待在這裡！」

眞是個好心的人。

雖然是這樣，青鳥還是無視對方的警告，直接向上竄。

好不容易跑到約六樓、也就是琥珀所在的教室樓層，正打算直奔過去時，青鳥突然聽見某種碰撞聲響，好像有什麼很大的東西從已經沒有窗戶的教室裡飛出來，直接撞上走廊牆壁，摔在一大堆碎片上。

仔細一看，青鳥看見莫名奇妙的畫面——

一個陌生人和一個白色的兔娃娃掉在地上。

□

「……奇怪。」

呆呆地看著陌生人和大白兔，青鳥摸摸自己的額頭，沒發燒，也沒因爲吸入熱煙造成幻覺。

眞的是大白兔耶。

就在他因爲看大白兔錯愕時，那隻照理來講應該是擺飾或騙小孩用的大兔子突然搖搖晃晃地站起身，抬起短短的絨毛腳就往穿著黑衣服、看上去起碼有三、四十歲的壯漢臉上踩下去。

那隻短腳看起來眞的不怎麼樣，搞不好平常被踩到只會感覺毛毛的還很舒服，但是腳下的壯漢居然噴血了，不知道是嘴巴還是鼻子，總之就是一灘血從兔腳下冒出來，還染紅了白色的絨布，順著壯漢的臉頰流下來。

大白兔就這樣踩著人臉，然後轉動短腳，下面的人臉傳來某種怪異的聲音，好像是某種東西折斷和裂掉之類的聲響，光看就覺得很痛。

青鳥呆滯地看著兔子踩爛人臉，有幾秒完全無法反應過來。

機械嗎？

不對，看上去好像眞的是兔子娃娃，而且他怎麼看都覺得這個兔子有點眼熟……

「啊！」他想起來了！他下午才剛看過對方的新聞啊！指著大白兔，青鳥叫了出來，「你是第七星區的——」

兔子臉抬起來看他，紅通通的寶石眼睛完全看不出表情反應，聲音從絨毛嘴巴裡面傳出來，「學生？快點逃，不要待在這裡。」

話說完，大白兔一翻身，動作超級靈活俐落地彈回教室裡，完全看不出這只是隻內容物只有棉花的東西，接著教室裡就傳來一連串乒乒乓乓砸東西的聲音和怒罵聲響——

「兔子打人啊！」

「快點給我殺掉這隻兔子！」

「他會拳法！」

「兔子竟然會失傳幾百年的古代拳法！」

「快抓住兔子！」

眞的是他剛剛想到的那個！

看見自己的偶像之一活生生出現在面前，青鳥完全忘記眼前的危機與蔓延的莉絲，馬上接近教室，想一睹大白兔的英姿。

不過一靠近教室他馬上就發現不對，除了琥珀之外，靠近門口的地上竟然有上午才剛打贏比賽的柏特，全身都是血，傷勢看起來很嚴重的樣子；教室裡面還有不少老師和同學，全都被綁住了，附近還有很多同學的屍體，接著他看見講台上有個臉上也有火焰圖案的男人……強盜團！跟剛剛那個女孩一樣！

扣掉那個正在怒罵的火焰圖案男和剛剛被兔子踩臉的傢伙，還有約三個左右的黑衣人，正在和急速變換位置的大白兔糾纏。

只見半人高的絨毛兔子順著拳勢，動作優美地抬腳揮拳，間時借力彈開，轉換間快狠準地又擊倒了一個揮刀要將他切成兩半的人，接著一轉身空手……空兔掌奪白刃，直接雙掌一拍夾住往他頭上劈下的寬刀，毛毛的白掌往旁一扭，竟硬生生就把刀身給折斷。

青鳥都快鼓掌叫好了。

他只有在影片看過這麼流暢美麗的動作，沒想到今天居然在大白兔身上看見奇蹟。

「學長！」

細小的聲音混著爆炸聲傳進他的耳裡，青鳥頓了一下，才回過神，發現趴在講台邊的琥珀已經注意到他躲在門邊，還用一種很想揍他的凌厲冷眼瞪過來，接著向他使眼色，看了看比較遠處的師生們和柏特。

差點看入迷了……

青鳥抹了把冷汗，利用矮小的優勢偷偷摸摸地躲在翻倒的課桌椅和掉下來的天花板後，好不容易才拖著傷重的柏特靠近那二十幾個人，還特意對他們比了噤聲的動作。

老遠就看見青鳥，師生們也很配合地悄悄移動，讓青鳥可以躲進人群裡，趁著強盜團與首領的目標都在那隻神奇兔子上時，快速地幫他們解開繩子。

「等等我一喊，你們馬上帶柏特學長衝出去，從另一棟的地下室通風管道逃出去，學校現在都是爆炸的莉絲毒煙了，隨便出去很容易死掉，一定要從地下才行。」把防具一一分給其他人，因爲人數太多了，青鳥把手上的拔下來也不夠分，也沒辦法了。

這時他突然想起剛剛盧林得意洋洋的臉，如果他們的研究已經成功了多好。

知道這種時候不能吵雜，如果引來強盜團注意就必死無疑，雖然很害怕，學生和老師們還是紛紛點頭。

交代好之後，青鳥朝講台那邊的琥珀比了個手勢。

坐起身，琥珀看了眼旁邊的首領，後者因爲屬下又被擊倒一個，而且還被大白兔給折斷腳，只剩下克諾非常生氣地舉著刀往兔子的方向走去，一點也沒注意到他們。

他默默地，從背後伸出手，早就解開的繩子一整團掉下來。

「現在！快逃！」

青鳥一喊，全部師生立刻連滾帶爬全都往門口逃去。

猛地發現人質要逃，強盜團首領發出怒吼，直接將手上的刀甩射出去，寬刀正要劈

開教授頭顱時，另一把刀也被射過來，撞開了寬刀，發出沉重的聲響後一起掉落在地。

「快跑！」

扔出刀子的青鳥抓著自己的學弟，用很快的速度逃離講台。

拖著一個人速度其實快不起來，而且門口還擠滿了要逃出去的人，這種時候……

「朝太陽衝出去！」影片都這樣演的！

琥珀直接朝青鳥的頭打下去，「會死。」無比冷靜地補上這兩個字。

動作來往之間，已經給足了首領男人走過來的時間，不過後頭的學生和老師已經逃得差不多了，附近的大白兔正和那個叫作克諾的男人僵持不下。

琥珀評估著那個克諾應該也是數一數二的好手，然後他伸手用力掐了旁邊學長的臉——這傢伙居然看著人家的大塊肌肉看到流口水，完全忘記現在的危機。

再度回過神，青鳥看到殺氣騰騰的男人，「呃，學校教的武術……」

「相信我，學校教的沒用。」強盜團基本上都是亡命之徒，而且剛剛柏特已經用自己的肉身當場實驗過了，校園的正規武術根本沒辦法使用在這種狀況上。琥珀想了想，

「如果只有學長應該很容易逃掉。」

「身爲正義人士怎麼可以自己逃走！」青鳥挺起胸膛，「我們要相信邪不勝正！」

「……我相信我可能會因爲你的英雄片被砍成兩半。」琥珀開始覺得自己應該丟棄學長逃走才對，剛剛也是因爲他的這種洗腦理論，他還差一點被強迫變成強盜團的團員。

接著他發現他們把最後的逃命機會用在打嘴砲上，已經逼近的男人直接一刀砍過來，完全不給他們反應或交涉的時間。

動作很快的青鳥在對方揮刀同時就已經壓著學弟往旁邊閃，然後第二刀揮過來時繼續閃，第三刀過來還是閃……他唯一的優點就是速度快和眼力、耳力很好……早上就是這樣在校園武鬥大會閃到對手虛脫，他再輕輕鬆鬆地去解決對方。

「站住！」

砍不到人的首領抓狂了。

□

「你把他給惹毛了。」

被抓著左閃右躲的琥珀倉卒之間還不忘告訴青鳥，「而且很毛。」剛剛刀直接砍在他們旁邊的柱子上，還整個陷進去，差點把柱子給劈成兩半，可見男人被惹到有多火。

「我有什麼辦法！」也只能閃的青鳥壓住人，又閃過凶狠的一刀。

「蹲下來！」

隨著一個喝聲，琥珀和青鳥不約而同地一起蹲下，剛才那隻大白兔突然從天而降，直接踢開橫劈的刀，然後擺出架勢，從那張可愛的兔子臉中發出雄糾糾氣昂昂的聲音，「馬上離開。」

「兔——」

琥珀一把抓住還想聊天的學長，直接往外逃。

才一踏出教室，他們就看見黑煙中混著紫黑色的霧氣。

「莉絲」已經擴散到大樓內部了。

「小朋友們！拿好！」

青鳥接住從教室裡面被丟出來的東西，是個和警衛身上很像的防具……它是放在兔子的哪裡？

剛剛明明看到兔子身上只有脖子上有緞帶和鈴鐺而已吧！

也沒多想，青鳥抓著學弟的手，正要把防具按在對方手上時，琥珀突然縮手，反而把防具扣到對方手上。

「琥——」

「我的手比你大。」很認眞指出這個事實，琥珀看著兔子尺寸的防具，不認爲自己戴得上去。

再次爲了自己的小孩身形感到悲哀，青鳥含著眼淚，「快跑吧，兔俠應該會搞定的。」

「兔俠？」

「剛剛那個大白兔啊！一定就是第七星區傳說中的兔俠！琥珀你看你就是都不關心正義之士！明明中午才看過不是嗎！兔俠在第七星區非常有名，而且我不是常常和你講兔俠的事蹟嗎，光憑一個布偶身體可以席捲第七——」

「快走吧。」琥珀打斷了對方正要滔滔不絕的講解，有點後悔自己剛剛爲什麼給他一個問號，光聽學長興奮的語氣和滿臉崇拜，他就可以猜到那隻大白兔肯定跟救苦救難脫不了關係，說不定還是個可能會被塑像的偉人之類等等。

但是他怎麼看那個好像都眞的只是兔娃娃。

一開始兔子闖進來時，琥珀以爲那是布偶裝，可能是什麼能力者不想被看到所以套布偶裝，但是身材實在是太矮了，扣掉兩片耳朵，還比他學長矮小一點，這樣根本不可能塞人……除非裡面是個孩子。不過打起來之後他就完全推翻自己的猜測，那個眞的是兔娃娃，從動作就可以看得出來裡面絕對只有棉花沒有人類，更不是什麼機械類物體。

難道是能力者操縱的布偶嗎？

正在思考可能性，琥珀猛地被人一扯，停下腳步。

青鳥看著剛剛才經過的走廊，瞠目結舌地不知道該說什麼。

走廊已經抵擋不了莉絲的侵蝕、爆炸和烈火燃燒，後面的一大半地板全部都沒了，而且旁邊教室還整間掀開，黑紫色的煙霧不斷灌進來，連光也沒有瞬間陷入黑暗。

幸好他們兩個還有防具可用，不然現在應該已經死在這裡了。

「糟、糟糕……」瞬間陷入一片漆黑，青鳥這次眞的有種要投胎的感覺。

「學長，請抓著我不要放手。」知道對方在糟糕什麼，琥珀還是很冷靜地說著，他勉勉強強可以辨認地板還在崩裂，下面有火焰在跳動，於是往後退了幾步，那些分裂紋路都已經到了腳下，一動整個地板又塌陷了好幾片。

但是回去又有強盜團。

並不曉得那隻兔子究竟可不可靠，對他的判斷只在武功高手布偶的程度，琥珀思考著或許眞的只能先退回教室。

正在進退維谷之際，某種清脆的聲響從黑煙當中傳來，接著是銀色的幾道光和吵雜的人聲——

「有了，學生在這邊！」

揉揉眼睛，青鳥也看見那些銀光。

「我們是聯盟軍方，請站在那邊不要動！」

救兵來了！

青鳥連忙抱住自己的學弟、整個人像八爪章魚黏貼在他身上，讓防具的氣流可以完全保護他們。

黑暗中，遠處出現了照明，好幾個穿著聯盟印記大衣的人就站在走廊未崩毀的另外一端，「我們會派能力者過去，請稍等一下。」

「終於。」青鳥鬆了口氣，這樣看起來剛剛先走的老師和同學們應該也都碰上了聯盟軍，應該是脫險了。

也同樣呼了口氣，不經意往後一看，琥珀瞪大眼，接著抓著旁邊的學長就往前一撲。

完全沒預料對方會突然這樣做，來不及反應的青鳥只反射性地緊抓著對方，然後就一起往坍塌的地板洞摔下去。下去之前，他看見不知道什麼時候出現在他們身後的首領揮了寬刀，在血液濺出同時發出夾雜著某種奇異語言的怒吼。

然後他們就被火焰和黑煙給吞噬。

失去意識之前，青鳥聽見尖銳的嘯音傳來，然後是黑色的巨大東西飛闖了進來，懸空轉了圈後直撲而下，緊緊抓住他們兩個。

火焰中，青鳥看見女人的面孔。

今天眞的是幸運的一天，居然看見只能在視訊儀器上看到的各種東西。

然後他頭一歪，就暈過去了。

□

凱達斯特一共有七個星區。

從一到七，簡單地說就是七個被海水隔開的不同大陸。星球上本身有百分之九十都是海域，土地非常稀少，人類能居住的平地區域更少，一共只有七片大地。雖然海上還有些零散的小土地，但是居民並不多，而且在星區之外，難以接受星區聯盟保護，所以幾乎不大有普通人願意獨自居住在海外。

而每個星區進步程度也和數字相同，第一星區擁有最前端科技與開發，相對地，第七星區就是最偏遠的少居民地帶。

自瓦倫維戰役之後，各星區簽下免戰條約，同心協力對抗「莉絲」現象與無數遺留下來的改造能力者，要確保七塊區域都能讓一般人和平生活。

不受聯盟控制的能力者分屬幾類，最讓人頭痛的是強盜團，那些無惡不作的能力者們看不起一般人們，認爲無能力的人應該是下層居民，所以恣意殺害與掠奪，同時與聯盟軍抗爭。

「朱火」就是其中之一，不斷地壯大組織，被聯盟軍剿滅之後又繼續吸收其他強盜，然後又重新對抗。

另一種同類型的就是海盜團，在這種只能使用半輔助技術的航海時代，海盜團也相對地猖獗，本質就與強盜團差不多，是海上聯盟軍隊主要的敵人。

與強盜團不同的是自由行者，他們不接受聯盟控制管理，但也不會有任何危害一般人的舉動，會自行形成一個小區域自給自足，大多也不住在星區當中，而是散落在海外無人管理的小土地上，建造起房舍與基地後就群聚而居。

比較例外的也有單獨居住不和任何人來往的。

這類的自由行者偶爾也會接賞金任務，一部分也分裂出賞金獵人，在獲得允許下協助聯盟軍捉捕能力者盜匪。

但是也有分裂成傭兵，受僱於任何危險、犯罪工作的人。

因爲是在聯盟管理之外、也不願意讓聯盟統治，所以就像部落一樣各自爲政與散居，隱藏行蹤與基地後各自形成了自治團體。

當中最具代表的就是「荒地之風」。

再來第三種分類，就像是強盜團的對比，但是也非自由行者的居中，而是與聯盟軍、盜匪和人民都可能成為敵人的處刑者。

處刑者並不會平白無故傷害人，他們主要的目標是黑暗的角落，不管是邪惡的能力者、強盜團或是犯案累累的一般人都是他們的獵物。

簡單地說，他們針對的是犯罪者。

一般居民認為這些處刑者是另一種意義的正義能力者，他們不將能力用在邪惡上，反而是用在懲罰壞人上，而且也不會因對方的身分而退卻。

在幾年前，某個處刑者殺了第三星區聯盟總長時，所有處刑者就成為聯盟軍眼中的通緝犯，即使那個統治星區的總長後來被證實殺害不少女性，還是沒有撤銷全面追捕處刑者的公告。

雖然處刑者主要是懲罰罪人，但是並沒有經過聯盟允許便動用力量，就是違反了能力者不得肆意使用傷害性力量的條約，處刑者通緝公告發出後，配合這項條約就抓捕得更嚴了，前後也處死了不少處刑者。

在這其中，最具代表性的應該是第七區的「兔俠」。

這些就是聯盟星區最頭痛的能力者對象。

「居然親眼看見兔俠……」

從昏迷中緩緩清醒，青鳥睜開眼睛看到的是雪白的天花板，腦袋裡殘留的卻是昏過去之前所看到的白色背影。

他從小到大最喜歡英雄片了，所以也超級喜歡處刑者，不管是哪個星區的處刑者他都喜歡，只要一有新聞消息，馬上會去巴著視訊不放。

這裡面最常被報導的就是兔俠。

傳說中兔俠來無影去無蹤，追捕的聯盟軍每次都被兔俠給甩開，就連出動夜魅……那是種有蝙蝠改造遺傳的能力者，可以高速飛行還擁有音波攻擊能力，是很棘手的能力者。但是就連夜魅都無法捕捉到兔俠，只能任他來去自如。

不過兔俠並不是眞的沒失手過，在他出現這幾十年當中，曾經被聯盟軍公開處決了六次，這六次聯盟軍都把娃娃砍到了棉花噴光光，也曾冒險動用烈光燒到連灰都不剩，但是總在處刑之後沒幾日，兔俠又出現了。

還是一樣的大白兔，還是一樣的來去一陣風。

所以人們都相信，兔俠應該只是個媒介，在他身後絕對是一位非常強大高明的操縱系能力者，藉由能撫慰人心的兔娃娃來懲戒罪人。

於是不死兔俠成爲處刑界的一種傳說。

從小到大聽著這些報導，跟著一路熱血長大的青鳥當然也是兔俠的支持者，但是因爲兔俠是第七星區的能力者，傳到第六區的事蹟少很多，他也只能望著少少的報導嘆氣。

要知道星區和星區之間的連結很不容易，人力船的票價非常高昂，一般人想搭都還沒得搭。

雖然他是有那個錢可以搭個百十來趟啦……

但是兔俠現在居然出現在第六星區了！

「嗚喔喔喔——居然沒要到簽名——」抱著帶有淡淡消毒味道的白色被子，後悔到不行的青鳥在病床上像蝦子一樣翻滾彈跳。

嘎嘎的壓床聲引來了外面護士的注意。

「你醒了嗎？太好了，你都睡了一天一夜了，等等醫生會過來幫你檢查。」拿著開水與藥物走進來，護士幫他拉好棉被，「這裡是第四街道醫院，學校區域現在被封鎖，正在處理莉絲現象，幸好你只有輕微擦傷、割傷與吸了點煙暈倒，等等檢查確認沒事之後就可以出院了。」

接過藥，青鳥乖乖地按照護士的話吞下去，然後過了幾分鐘後醫生來了，檢查完表示沒有任何問題後，就直接開了出院證明給他。

「對了，琥珀．沙里恩也在這間醫院嗎？」接過證明，青鳥跳下床，連忙問著正要離開的護士。

「嗯？有的，那個孩子在樓上的病房，才剛做完光針手術，應該還沒清醒。」

「手術？」青鳥瞪大眼睛。

「軍隊送來時他身上有很嚴重的刀傷，所以要做治療。別擔心，休息兩天很快就可以痊癒了。」護士打開空氣中的虛擬檔案，看了一下，「對了，你有東西在我們的保管台，是跟著你們一起送過來的，我想應該是你的東西……還是禮物之類的，離開時記得要去領取喔。」

東西？

青鳥歪著頭，這才看到空空的手。

啊，應該是兔俠借他的防具，那還眞的要去拿，當紀念也好，不然沒簽名他就已經夠怨恨了，現在有個防具就有點安慰。

抱著崇敬偶像的心態去櫃台認領自己拿到的防具，喜孜孜地想著等等一定要好好向琥珀炫耀。

因爲沒想到櫃台小姐拿出來的不是防具，所以在青鳥看見又髒又黑又破的大玩具被拽出來時，就尖叫了——

「啊啊啊啊啊啊——」

第四話▼▼▼正義的幫助

那時候他在火焰與煙霧中聽見的是憤怒的咆哮聲。

「賭上哈爾格之名——」

哈爾格……是在紀錄上，那個前世紀最後引起毀滅性戰爭的最大傭兵團體嗎？

造成莉絲出現的最後一場戰役、也就是瓦倫維戰役中，第一星區僱用了當時的亡命組織，也是最讓人懼畏的傭兵團襲擊其他星區；全面性開戰後，又讓該傭兵團體作爲戰前先鋒，帶著各種武器一一踏過其他星區。

從當年的資料看來，瓦倫維戰役原本應該不會這麼嚴重，但是因爲加入了最大的傭兵團，在以利益爲主的衝突下血洗了七大星區，引起最高科技的衝擊，這才造就了莉絲的出現與毀滅性爆炸，同時也停止了七個星區的爭鬥，形成現在的時代。

若將朱火強盜團當成是哈爾格傭兵團的後裔也不是說不過去，但是能賭上哈爾格名譽的只有傭兵團首領。

那個男人並不是朱火的首領。

猛然被某種感覺驚醒時，琥珀看到了整片白色的天花板。

不對，是……

一轉頭，他正好和一顆又髒又黑的兔頭對上視線，紅通通的眼睛裡倒映出他的影子。

面無表情地看往旁邊，就看見青鳥跪在一旁地上，正在朝骯髒無比的大兔子行五體投地之禮。「學長，你在幹什麼？」緩慢地坐起身，感覺到身體力氣不多的琥珀順便打量了一下周圍，很快便確認是在醫院裡。

「我在跪求兔俠收徒弟。」連頭也沒抬，青鳥努力繼續拜兔子，「……可是兔俠從剛剛開始都沒回應。」

再度看回那個大兔子娃娃，應該也和他們一樣被捲入爆炸裡，兔娃娃幾乎已經看不出原本白色的毛色，整隻黑灰到不行，連緞帶鈴鐺也不見了，還有好幾個破洞，露出不少裡面一樣髒的棉花。

……果然只有棉花。

歪著頭打量半晌，琥珀突然出手拍了一下兔頭，這次青鳥整個從地上跳起，抓住自家學弟，「你怎麼可以隨便打兔俠！」居然問也不問就一巴掌打下去，這是會遭天譴啊

啊啊啊——

「呃，我只是確定看看這個到底……」

「對對，你不能打長輩。」

青鳥和琥珀同時噤聲，一起轉頭看向剛剛還沒什麼反應、現在卻突然出聲的兔子。

只見髒髒的大白兔跳下椅子，移動短短的腿走去門邊，頭顱貼在門上半晌才走回來，「好，可以放心了。」說著，還拍了拍身體，幾顆黑灰跟著動作掉下來。

「兔俠！」含著泡淚，青鳥直接衝過去撲倒在兔子前面，「第七星區的英雄，請受我一拜——」

「通緝犯。」看著學長在拜的髒髒大白兔，琥珀冷冷開口：「處刑者都是通緝犯。」就像老師和教授們說的，無視於法律的觸犯者。

「看來哥哥比較冷靜嘛。」晃了晃兩根長耳朵，大白兔搆了旁邊的櫃子直接跳上去坐著，「抱歉了，小朋友們，不過那時候聯盟軍已經進來，在下只好假裝是布偶一起跟著被送過來才能脫身，還好小弟弟看起來就是會抱娃娃的樣子。」因爲資訊傳達不易，第六區的聯盟軍雖然知道有兔俠的存在，但是一時還不曾聯想到會出現在這種地方。

「我叫青鳥，這個是琥珀。」從地上跳起來，青鳥眼睛發亮地走到大白兔前，也沒有計較剛剛對方把他當小孩的事情，一臉熱衷地看著眼前崇拜很久的偶像。「爲什麼兔俠會在第六星區？啊，是因爲那個砸到我們學校的飛行器嗎？該不會就是在追那個強盜團吧！」他整個熱血起來，沒想到有一天他居然眞的可以看到處刑者代替正義懲罰罪人，而且自己還參與在其中！

「在下的確是爲了誅滅朱火強盜團而來。」拱起手，大白兔看著兩個年輕人，「兩位可以不向聯盟軍舉報嗎？我們埋伏很久才追到朱火，如果這次又讓幹部逃掉，一定會造成更大的危害。」

「咦？那個拿刀亂砍的只是幹部嗎？」還以爲那個發號施令的應該是首領，青鳥和琥珀對看了一眼。

「是，有火焰印記的是朱火七個重要幹部之一，其他的都只是團員，只要對強盜團有點深入了解，都會知道這件事。」歪著頭，大白兔把一直冒出來的棉花塞回身體裡，「在下和同伴在第七星區追查這支隊伍已經好幾個月，發現他們勾結聯盟某些人和商人暗地製作了飛行器，想要試圖做些什麼事情，在下和伙伴正打算對飛行器進行調查與破壞時被發現，所以朱火和勾結的聯盟高層才急忙想要轉移飛行器的位置，運送過程中用了高級防具，但還是被『莉絲』侵蝕，於是墜落在學校上。」

說著，大白兔打開了旁邊的視訊儀器，那是個四方的中空細框，在開啓後中間空的地方立刻出現了影像，這時候正在播放著不明飛行器砸毀學校引起莉絲大規模嚴重爆炸的新聞。

第六星區的聯盟軍派遣出許多軍方能力者攜帶防具，正在竭力壓制莉絲繼續向外擴散，已經將侵蝕範圍給固定下來，現在正在使用大量空氣中和劑穩定莉絲的濃度。

經過一天的時間，校方與聯盟已經發出了初步罹難者的名單，約有上百名師生受害。

視訊中出現了根本看不出原樣的校園，以及那架只剩部分骨架的飛行器。

目前聯盟軍也在追查飛行器的來源。

「奇怪，都沒講到強盜團的事情。」趴在病床邊看著區域新聞，青鳥歪著頭，還以爲逃脫出去的老師和同學會把事情告訴軍方。

「怕會引起恐慌，所以想暫時壓下事情，也有可能已經死在莉絲爆炸中。」看著長長的羅難名單，琥珀也看見那個武鬥賽學長名列在內。

「這也是在下最擔心的事情，根據在下對朱火幹部的了解，他們不可能會死在莉絲爆炸中，既然聯盟軍都能進入，那他們絕對已經逃出來，可能正潛伏在這個區域某一處。」關掉了視訊儀器，大白兔抬起頭，「不過在下現在也和同伴分散，獨自在外遊蕩太過顯眼，還是必須暫時拜託兩位的幫助。」

「這是當然！行俠仗義人人有責！」用力拍拍胸口，青鳥很豪邁地直接答應。

「……你們兩位加油吧。」完全不想蹚渾水的琥珀掀開被子直接下床，雖然力氣還沒完全恢復，但是行動已不成問題。「既然學校現在是高警戒區，那我要直接回家了。」剛剛新聞也有宣布學校暫時停課的訊息。

「咦？難得有幫忙懲奸鋤惡的機會，琥珀你怎麼可以臨陣脫逃啊？」青鳥眨著水藍的眼睛，一臉期盼地看著學弟，「協助處刑者才是正義的行爲啊。」

琥珀冷眼俯看著這種時候才會裝可愛的傢伙，「我只知道協助通緝犯會被抓去關。」

「放心，如果不便在下也不會強求。」拱著兔掌，灰黑色的大白兔用布偶臉看著兩名年輕人，「在下可以去外面躺在馬路上，直到被善心人士撿回去再尋求幫助。」

青鳥揪住了自家學弟的衣服，「琥珀，我們身爲第六區的居民，也是地主，俗話說外來的都是客，你怎麼忍心讓客人躺在路上被撿走！」而且還是他的偶像！他的英雄偶像——

「眞的不要緊，在下很有忍耐力，即使被掃去垃圾場也會再接再厲去另一條街道上，躺到有人援助爲止。」大白兔沉痛地說著。

「琥珀～～」

「兩個都給我閉嘴。」按著頭，琥珀只覺得有種想把一人一兔從窗戶丟出去的衝動，「還有，學長你不要再故意睜大眼睛，我每次看到你裝可愛就只想插你眼睛。」

「咦！我每次這樣跟教授講話他期末就會給我過耶！」居然對琥珀沒效，青鳥突然驚覺還好自己很少對學弟這樣做，不然搞不好早就被捅出兩個窟窿。

「我就覺得奇怪，爲什麼每次沒幫你作弊時，不及格都還可以……」注意到大白兔還在盯著他們兩個看，琥珀決定結束無聊的談話。「算了，反正這兩天我父母也不在，你們要住就來吧，但是要在我父母回來之前離開。」

「耶！」

□

取得離院證明之後，青鳥抱著快要跟自己差不多大的大兔子，在琥珀叫來動力車之後，一起離開正在被管制的區域。

經過充滿大樹的綠蔭通道後，他們逐漸遠離市區，來到較爲郊外的地方。

「琥珀他家在外圍區。」對著大白兔介紹著，青鳥也不在意正在裝死不被外人懷疑的大白兔完全沒有回應，「他爸媽是雜物商，每半個月就要去海港和船隻交易，再帶貨物回來販售，所以常常不在家，因爲這樣琥珀才選擇星華就讀，他爸媽怕他自己長時間在家會危險；然後我們現在經過的地方是……」

「……請別介意，他有對玩偶自言自語的怪癖。」冷冷地告訴身旁動力車的駕駛，琥珀在心中已經不知道虐殺了自家學長幾百次。明明那隻布偶出醫院前就說要避免被懷疑，所以要假裝布偶，請他們把自己當一般娃娃抱或拖在地上走都可以，現在可好，他學長居然還向對方介紹起沿途順便觀光了。

「小孩子都這樣，習慣就好。」駕駛很友善地回以笑容。

「呵……」

如果不是現在有外人在，琥珀最想做的就是打開車門把他學長抓起來擄地面，磨掉層皮讓他清醒一下。

約二十分鐘左右的高速車程後，動力車終於轉進了山丘，又沿著山路向上爬一小段時間後，才在一處樹林前停下，在停車處可以看見不遠的樹林後有幢獨棟房子，原木建造而成，看上去幾乎和山丘樹林融爲一體，很舒服的感覺。

付費給動力車後，琥珀才帶著一人一兔的訪客走向自己很久沒回來的家。

這時，揹在青鳥後的大白兔終於有了動靜，確定動力車離開後，大白兔跳下青鳥的背，晃著耳朵打量著幾乎沒有人煙的區域。「眞是個好地方。」

「是好偏僻的地方。」笑了聲，也隨便他們去看，琥珀走到屋前，打開了密碼鎖，同時啓動了房屋的能源，讓室內轉換氣流並開始循環水氣。「你們請隨意吧，裡面還有幾間客房，我去整理被套。」

看著屋主進去，大白兔晃了晃耳朵，轉向一旁的青鳥，「在下是不是眞的打擾了？」

「喔，琥珀對每個人都這樣啦，不用介意，我剛認識他時，還比現在冰冷一百倍咧，所以很多人都私下偷偷叫他冰山。不過他如果眞的不喜歡就不會讓我們過來，既然同意也不會反悔，所以一定要說服琥珀入團。」已經垂涎這棟山中大屋很久的青鳥嘿嘿嘿地心懷不軌。他和琥珀的父母也混得很熟，以前放假常常來玩，尤其是琥珀的爸爸，知道他很喜歡處刑者，還經常帶相關物品回來給他，眞是超級好的人。

「原來如此。」這下也釋懷的大白兔稍微走了一圈，將房屋的周圍環境給記起來，

「在下想借一些針線……」

「啊，對喔，看你這樣破破爛爛的還是先補一下比較好，而且可能要洗一下。」看著實在很髒的兔子，青鳥抓抓頭，「可是我也不會用針線，琥珀家應該有修復儀器。」

「請放心，在下會縫補技術，可以自己來，只要有針線的話。」

「也是，針線這種東西還比修復儀器難找。」青鳥笑了幾聲：「根本沒有地方出產

了吧，那是古董了。」手用針線早在幾百年前就已經被淘汰了，人們在這星球定居下來後，只有一開始那百年有用到些手工，後來科技急速發展，就立刻被自動機器替代了。現在因爲科技回退，只有非常少數的人因爲興趣而再度使用這種東西。

「很抱歉，我家就是有如此難找的東西。」進去忙了一圈發現人都還沒進屋的琥珀冷著張臉站在門口，手上還有一套針線包。「之前我父母去採購時順手帶回來的，剛剛看了一下，修復儀器壞了，可能他們吵架時砸爛的，你就自己將就點吧。」說著，就把針線包塞給走上木頭台階的大白兔。

「眞是無限感激。」拱起兔掌，大白兔道了謝，和青鳥一起進屋。

一進屋後，偌大的客廳整理得乾淨清爽，幾件家具和連壁的書櫥，見到的幾乎都是木造用品，與剛剛離開的集中城市差異很大。

「琥珀小朋友的父母也是湖水綠嗎？」環顧著屋內，大白兔停在書櫥前，看著上頭罕見的書本。

「不是，琥珀的爸媽都是和我一樣的金髮藍眼睛喔。」青鳥看著旁邊的友人，「對吧。」

「……是的，父母都是藍眼。」琥珀遲疑了一下，才慢慢開口：「應該是突變吧，畢竟因爲莉絲的影響，人類幾乎沒有綠色的基因了。」

遍布在空氣中的莉絲，影響的並不是只有機械與科技，連帶也影響了部分人體基因。在莉絲出現之後，再也生不出綠眼睛或綠髮的孩子，不管怎樣注入人造元素都不行；莉絲奇怪地只破壞了那種色彩的排列，卻僅只限於人類，植物與其他自然之物完全沒有影響，到現在還是找不出原因。

所以綠眼非常珍貴，很多富人都想弄到一、兩個綠眼的孩子當作寵物作爲錢與權的象徵，尤其是純粹的湖水綠，在黑市可以賣到極高的價錢。

因爲有這種需求，所以也出現了非天生綠眼的僞造品，例如將染料注入眼睛裡或是強迫摘除原本的眼睛、再置入仿眼。黑市中將這些孩子當作眞品販售，但被發現是僞造時，這些孩子往往很快就會被當作垃圾處理掉，下場非常淒慘。

由於太過殘忍，所以聯盟軍也非常嚴格地在追捕這些販售綠眼的黑市商人。只是因爲利潤太高，還是無法遏止這種狀況。

「看來你父母將屋子建在這種地方，應該是不想讓你遇到昨天強盜團的那種事

情。」大白兔理解地點點頭。

「是，我遇過很多次想抓我到黑市的人，所以已經不太意外了。」因爲有雙麻煩的眼睛，所以琥珀也早就習慣這些問題。

「眞是太過分了，總有一天我一定要消滅這些壞人！」一提到這件事，青鳥就憤慨，他當初還厚著臉皮死拖活賴兼向舍長打滾要和琥珀同房，就是因爲湖水綠的關係。身爲要成爲處刑者的人，一定要好好保護容易遭到欺負的弱者才對。

「所以說，你們等等先去洗個澡吧，衣服我放在浴室外面了。」說著和剛剛話題完全無關的話，琥珀打開書櫥，抽走幾本書籍之後就往二樓房間走，「其他請自便，我要休息了。」他的傷還沒有全好，一路折騰到回來收拾房子已經造成很大的負擔。

看著屋主走上樓，大白兔才轉過頭看著跟自己差不多高的少年，「你朋友的個性還眞是特別。」

「啊哈哈，習慣就好。」

□

「對了，兔俠你一共有幾個同伴呢？」

泡在大大的木造浴池裡，青鳥在一片白色霧氣中舒服地呼了聲，然後懶洋洋地攤靠在旁邊的木頭，看著浴簾另一端正在縫補的兔影。

因爲怕泡水棉花會全部流出來，所以大白兔堅持要先縫好破洞才洗。

「除了在下之外還有主要三位，此次一同潛入朱火到第六星區的是其中一位，剩下兩人和協助者們還在第七星區，在下也得盡快想辦法與他們取得聯繫。」將最後一個洞補上，大白兔放下手上的針線，拿起剛剛屋主準備好、放在浴室的小型吸塵器，先把身上的髒灰吸過一遍，「在下沒料到會到第六星區來，身上並無攜帶遠程通訊儀器。」他是在飛行器要啓動時，情急之下才跳上去的。

「原來如此，處刑者團體啊……」很羨慕地想像其他人的樣子，青鳥的口水滴滴答答地就下來了。他想對方一定都是很厲害的能力者，說不定還有專用的制服呢。

拉開浴簾，已經乾淨不少的大白兔有點遲疑地看著浴池，紅通通的眼睛折射著水光，然後晃了晃兔耳，「在下還是去洗衣機洗比較好。」

「洗衣……什麼洗衣機啊，直接進來就好了啦，琥珀有放藥草在裡面，很舒服的。」泡得骨頭都酥起來，青鳥動了動身體，「嗚啊，其實琥珀是賢妻良母型嘛……」什麼都準備好了，他們只要進來洗就可以了，眞是輕鬆。如果他做人不要那麼排外的話，從外貌到內在，搞不好眞的就是傳說中的十全十美了。

看著大到可以游泳的冒煙浴池，大白兔多少也有點心動，「那在下就不客氣了。」

「快進來。」枕在木頭上，青鳥舒服地閉上眼睛，「沒想到可以跟兔俠一起泡澡，人生眞是太幸福了……」

水聲從浴池的另外一端傳來，然後是某種咕嚕咕嚕的氣泡聲。

「在下已經很久沒有做這種泡澡活動。」

「很舒服對吧。」已經快要睡著的青鳥聽著另端的回應。

「與其說舒服……在下覺得身體有點沉重便是。」咕嚕咕嚕的水泡聲持續。

沉重？

青鳥睜開眼睛，有點疑惑地轉過頭，「不夠熱還……嗚啊啊啊啊——」

在滿室蒸氣中他看見了整隻癟掉的兔子布偶，本來柔軟的毛在浸過水之後變成一根一根刺刺歪歪左右亂突，束在腦袋的耳朵看起來也一樣糟糟地貼在水上，白色鬍鬚全部垂下還沾有水珠，在白霧裡乍看之下說有多可怕就有多可怕。

這、這根本就是……一隻濕掉又吸飽水的縮掉布偶。

捂著心跳加速的胸口，青鳥吸了幾口熱蒸氣之後才回過魂來，「嚇、嚇死我了。」他還眞沒想到原來兔俠是會扁掉的。

「在下覺得行動不太方便。」吃力地移動飽飽都是水的兔掌，大白兔從旁邊拿過刷子，慢慢刷掉身上的黑灰。

「呃……我、我可以幫忙。」雖然沒有洗過布偶的經驗，不過應該可以幫忙刷。青鳥接過刷子，這才發現這種癟掉的布料好像要按在地上狠刷比較好清潔。

但是他不能把兔俠按在地上狂刷啊啊啊——

「如果有需要，在下可以先把棉花掏出來。」已經很扁的大白兔緩慢移動著。

「不、不需要。」完全不想知道棉花掏出來之後自己要面對的兔皮會是多可怕的樣子，更不想自己崇拜的英雄繼扁掉之後又變成兔皮，青鳥只能硬著頭皮，上了！

不過等等洗好該怎麼辦？

抓起來扭水嗎！

把傳說中的兔俠扭成麻花的樣子讓他滴水嗎！

青鳥再度受到某種可怕的精神打擊。

□

原來琥珀家裡還是有烘乾儀器的。

在浴室中天人交戰半天之後，本來想淚奔去求助的青鳥在大白兔一句可以把他放到乾燥儀器之後，他才想起來有這種東西可以用。

戰戰兢兢地把吸飽水的大白兔放到乾燥儀器後，青鳥心情複雜地關上門，按下了啓動。三十秒後，整隻蓬到比原來還要圓滾肥胖的大白兔就從乾燥儀器中走了出來，再度恢復成潔白柔軟的樣子。

他覺得，好像有什麼信念在心中深處碎掉了。

青鳥放空地關上了儀器，開始試圖催眠自己忘掉剛剛那些完全不像英雄的事情，包

Bi

括烘乾等等的過程。

「在下已經很久沒有這樣洗澡過，非常感謝小朋友的幫忙。」拱起兔掌，大白兔一揖，「但是爲了省事方便，如果再有弄髒，小朋友還是把我放在洗衣機中會比較省事，洗完之後整隻抓出來放進乾燥機，就不用如此麻煩了。」

看著大白兔，青鳥覺得自己可以接受乾燥儀器，但是完全無法接受把大白兔塞進洗衣機的畫面，這比剛剛兔子整隻縮掉還要驚悚。

嗚喔……不要再想好了，不然他覺得精神打擊更大了。

抱著頭，青鳥悲痛地走去弄食物了。

散發著藥草香氣的大白兔和一臉沉痛的人類相反，疏鬆了棉花身體之後，大白兔動作變得更靈巧，他稍微轉動了手腳，確定縫補沒問題後，就乖乖地走到客廳在地上坐下，接著盤起腿，開始安靜打坐。

從廚房出來就看到大白兔面對牆壁打坐，青鳥默了一下，也不知道大白兔吃不吃東西，他只好小心翼翼地把兩份晚餐都放在桌上，自己先吃了起來。

差不多吃飽了之後，也盤坐了有點時間的大白兔站起身子，「在下還是出去巡視看看……」

「你要出去找強盜團嗎？」很期待地看著大白兔，青鳥馬上拜倒在地，「請務必也帶我一起去，我很想知道處刑者到底是怎麼尋找壞人……請收我當徒弟吧！大俠！」

「在下不收徒弟，而且朱火都是高強的能力者，實在是太危險了。」一屁股坐在地上，大白兔這樣說著：「在下不想將一般居民捲進危險的任務中。」

「喔，這倒沒關係。」青鳥笑嘻嘻地抬起頭，抓抓臉，「因爲我也是能力者啊，大俠沒發現嗎？」

大白兔搖搖頭，兩根耳朵跟著晃了下，「不，在下知道你是能力者，你閃躲和反應的速度不像一般人。」當時在教室裡就注意到了，「但是你太小了，在下認爲即使是能力者，孩子還是不應該捲入。」

「伸張正義人人有責！」握緊拳，青鳥慷慨激昂地一腳踏到矮桌上，熱血澎湃地說道：「身爲能力者，有比別人還要優秀的力量，所以要把這份力量用在懲奸鋤惡上！我們要保護弱小、消滅壞人，所以不管男女老少，只要有心，人人都能夠成爲英雄！」

「……」大白兔一臉空白。

「所以請帶我一起去吧。」笑笑地坐回地上，青鳥歪著頭，「而且大俠你自己一個人在第六星區應該也很不方便吧，不然頂多強盜團出現時我會閃遠點，我逃跑很快。」

「……」

於是，半小時後，他們再次站在人來人往的大街上。

揹著很大的旅行背包，青鳥左右張望著商店區域。

昨天被飛行器砸毀的學校是在星區島的另外一端，每座星區的中心都市大致都會切割成四個區域，集中住宅區、學院區、商店區以及聯盟行政區，接著外圍就是散居的較小商店或個人住所，例如琥珀家也是散居外處。

連結這些區域的交通工具除了人力車、自然動力車（使用動物或低能源、植物資源等使其行動的車子）之外，就是大眾運輸的多節軌道推進車。

下午搭車去琥珀家使用的就是低能源動力車。

在海面上行駛的船隻也是類似這樣，不過因爲會接觸到充滿莉絲的海水，所以航海船基本上連低能源都不採用，而是藉由人力、風力、水力與動植物資源航行，所以船票非常昂貴，星區對星區的運輸也相當不便。

「看起來好像沒有強盜團的樣子。」微微偏著頭告訴背包裡的大白兔，住校之後也比較少到商店區域的青鳥很有興趣地順著人潮走動。

商店區中有很多經過設計排列的大樹，地面鋪有美麗的繪飾地板，一般不允許動力車開到上面來，推進車也只能到固定地點搭乘，所以不時會看見人力車夫在一邊招攬短程的客人，以及掛著鈴鐺的人力車快跑而過的叮鈴畫面。

「強盜團不會大剌剌地用強盜樣子在這種街道上逛街。」細小的聲音從背包裡傳了出來，「在下認爲你可以到飲酒區之類的地方找找。」

「喔，我每次去到那邊都會被踢出來。」青鳥哈哈哈地笑，然後憤慨搥椅子，明明他就已經成年了，每次都被踢，而且出示年齡身分證明人家還是照踢，還懷疑他僞造身分資料，眞是正義不彰！天地不仁！

「……也對，在下不應該讓個小孩進入飲酒區，失禮了。」

「不然我就到那附近逛看看吧。」雖然進不去，不過在外圍看還是可以。

這樣想著，青鳥就叫來人力車，直接往飲酒區附近的商店去也。

第五話▼▼▼尋找強盜團

翌日。

大清早醒來的琥珀一下樓就看見他家客廳出現了匪夷所思的畫面。

青鳥躺在地上腳在椅子上，睡得亂七八糟連件外套都沒蓋，旁邊扔著等身大的背包……他記得這是他家之前遠遊時用的，背包袋口吐出了半隻大白兔，臉朝下貼在地面，看起來也是正在睡覺的樣子，還發出細小的鼾聲。

他都不知道布偶會打呼。

原本不想吵醒他們，特地小心翼翼地走到一樓時，他聞到一股淡淡的酒味。皺起眉，琥珀直接走到橫睡在地上的人旁邊，一腳朝對方肚子踩下去。

「嗚喔！」抱著肚子，睡得很香甜正夢到自己行俠仗義飛簷走壁的青鳥淒厲地叫了聲，然後在地上打滾。

一邊的大白兔帶著背包整隻跳起來。

「你們在我家喝酒？」危險地瞇起眼睛，琥珀居高臨下地瞪著很小隻的學長。

「你誤會了啦……唉呦……」整個蜷到跟球差不多，大清早就被腹擊的青鳥瞬間清醒過來，含著泡眼淚解釋，「……我昨天晚上跟兔俠去找強盜團……因爲不能去飲酒區……所以就站在外面問人家啦……是有被一些喝醉的人潑到一點……」

昨天他整個晚上都站在飲酒區外面謊稱要找他爸，然後前後跟十幾個喝得醉醺醺的成年人打聽，並形容朱火那個強盜的樣子，有幾個人還拿著酒瓶亂甩，濺到他好幾次。

回到這裡時都已經四、五點了，他跟大白兔累了一晚沒收穫，想說弄得這麼臭也不要去客房比較好，才倒地睡在客廳裡。

「很抱歉，都是因爲協助在下才害你誤會。」下半身還套著背包，大白兔連忙拱手幫忙道歉。

看來眞的是自己弄錯。

琥珀一時有點尷尬，「嗯、原來如此，對不起。」

青鳥看著自家學弟的樣子，本來就不太容易生氣的樂觀個性也沒覺得怎樣，只是揉揉還在痛的肚子坐起來，「不過我也不好意思啦，我知道琥珀你對各種味道很敏感，早知道就先找間旅館洗乾淨再回來了。」

「既然醒了，你們先去弄乾淨……我去準備早餐吧。」雖然對方這樣講，不過琥珀還是露出少見的困窘神色，逕自往廚房走。

轉過來對大白兔聳聳肩，青鳥站起身，「好，去洗乾淨。」

「在下直接噴點水進乾燥機就可以了，乾燥儀器裡有除味道的功能，在下昨晚都在背包裡，沒有沾到什麼。」從背包裡爬出來，大白兔還把背包摺得整整齊齊放在一邊。

對方都這樣說了，青鳥也不想再看一次癟縮兔子，就找了噴霧器把兔子噴一圈，然後讓對方自己進乾燥儀器後才進浴室。

快速洗乾淨出來，青鳥看到他很優秀的學弟已經弄好一桌早餐，大白兔也坐在一邊等待，於是開心地奔過去。

表示不用任何食物的大白兔坐著看兩個人類進食，然後有一搭沒一搭地聊了起來。

「不過強盜團的人到底跑哪裡去了……飲酒區域和商店街裡都沒看到，而且聯盟軍也沒有發出消息，這樣一般居民很危險耶。」看他昨天晚上爲了找強盜團，今天一大早就被踩，再不找到眞的很危險。

「在下也認爲很危險，朱火應該不可能就這樣消失不見。」大白兔也點頭認同。

「我是覺得……那個朱火強盜應該把我們的長相記得很清楚，學長你就揹那麼大一個背包打聽他的下落，腦袋正常的人都會躲得遠遠的。」那天砍他們已經砍到肝火都噴出來了，琥珀不認爲對方會這麼笨地出現。

只要躲在暗處看見學長，又揹那麼大一個包，稍微一動腦都可以猜得出來裡面有兔子。

「咦！是這樣嗎！」聽完學弟的推論，青鳥愣了一下。

「是。」琥珀點點頭。

「那昨晚不就白去了……啊，不過也不算白去。」唉了聲後，青鳥才想起另一件事，於是馬上一掃困擾神色，笑嘻嘻地看著他家學弟，「我昨天在那邊遇到夜魅了說，就是在學院裡救我們的那個。」

「夜魅？」停下筷子，琥珀看著一臉很想分享的學長。

「對啊，那時候琥珀你不是推我往下掉嗎，然後聯盟的夜魅衝出來救了我們，昨天晚上我就是在飲酒區看見那個夜魅，不過不是夜魅的樣子，是普通女人的模樣。」青鳥回想幾個小時前的巧遇，不由得有點高興。

部分可以轉變形態的能力者不是整天都維持同樣的姿態，夜魅雖然是蝙蝠型態，但是也有普通人類的一面，不發動能力時和一般人其實沒有兩樣。

「她說她叫卡蘿。」

□

時間倒回幾個小時之前——

「走開啦臭小鬼！」

青鳥靈敏地往旁邊一閃，才沒有被喝得醉醺醺的中年男人打到腦袋，然後無言地看著對方搖晃著肥肥的肚子越過他，顛顛倒倒走向動力車的招呼處。

這已經是深夜的時間。

和普通商店街不同，飲酒區在入夜之後更加熱鬧，周圍的攤販也多了起來，有些還是見都沒見過的奇怪攤販，有的攤位上只有塊黑布，根本無從猜測在販賣些什麼，但是還是有不少人光顧。

每次青鳥想要去偷看在賣什麼有趣東西時，都會被人驅逐。

另外就是因爲外表關係，加上還揹一個大包，似乎造成了某種離家出走的誤會，也有好幾個看起來就不是好人的傢伙湊上來想賣他奇怪的針筒或是奇怪的小管子，也有幾個問他要不要一起回去睡覺之類的，也都被青鳥趕走了。

整著晚上下來，一直問不到朱火那批人的消息，青鳥也有點睏了。

他對這種黑色的街道和奇怪的小社會不是很了解，似乎也不得其門而入，這樣問一個晚上不管是身體還是心理，其實都已經很疲勞了。

「小朋友，你是自己一個人嗎？」

就在青鳥想著要不要回去睡覺時，某種較爲低沉的女性聲音從頭頂上傳來。他抬頭，看見了張陌生但又好像在哪邊看過的面孔。

那是個大約二、三十歲上下的美麗成熟女性，不像十八、二十歲那種小女生青春洋溢的感覺，而是種說不出的穩重之美，舉手投足間都帶著優雅，光這樣坐著看，就可以感覺到對方散發出來的不凡氣質。

不只是青鳥看傻了眼，穿著一襲黑色套裝的黑髮女性走過來時也引起不少酒客的注意，還有人不禮貌地吹著口哨，涎著臉就想上來搭訕。

直接拒絕了搭訕的酒客，女性再度把視線放在青鳥身上。「時間很晚了，小孩子最好不要自己一個人在這種地方遊蕩，最近有點問題，早點回家比較安全。」

傻傻地點點頭，過了半分鐘終於回過神後，青鳥才發現對方有點眼熟，而且好像不久之前才看過，仔細思考了下，才驚覺地叫出聲：「大姊，妳該不會是那個夜魅吧？」昏倒之前他曾看到夜魅的面孔，剛好就跟眼前的美女一模一樣。

女人頓了一下，也露出訝異的目光，接著仔細端詳青鳥的樣子，很快就出現瞭然的神色，「咦？難道你是昨天那場莉絲爆炸中的學院學生？和另外一個男孩子一起被救出的、比較小的那個孩子？」

「對對就是我，我叫青鳥。」很開心對方居然記得自己，青鳥眉開眼笑地看著眼前的超級大美女，「昨天沒有向妳說謝謝，沒想到會在這邊遇到妳，眞的很謝謝妳救了我們。」

「不用客氣，那是我的工作。」露出優美的微笑，女性環顧了下四周，「你那個朋友沒跟你在一起嗎？都這種時間了，你怎麼會一個人在這種地方徘徊？」

「呃，有點原因啦，其實我是來找我爸的，不過看起來他大概不在這裡面就是。」

硬著頭皮胡說八道，青鳥可沒忘記眼前的夜魅是聯盟的人，當然不能告訴對方自己是來找強盜團，而且身上還揹了隻他們通緝中的大白兔。「就、妳也知道嘛，學校停課了，所以想跟我爸講一下，結果聽說跑到飲酒區，等半天等不到，我也正打算要回去。」

「原來如此。」女性表示理解地點點頭，「不過你一個小孩子在這裡實在是很危險，這邊入夜之後有很多非法交易，如果不小心被牽連進去就糟糕了，不如你告訴我你父親的名字與樣子，我進去幫你找找會比較快。」

「不用了不用了，我看他搞不好也不在這邊……不用麻煩妳了。」連忙揮手搖頭，青鳥趕緊陪笑地說道：「不過大姊妳怎麼會在這種地方啊？」難道她也是來打聽強盜團的消息嗎？

如果是這樣，搞不好可以偷偷問一下。

「喔，只是普通的巡邏而已。」女性笑了下：「飲酒區入夜之後經常會有打鬥爭執，所以我們不時會巡查，以保安全。」

「這樣喔……」

「對了，我的名字叫作卡蘿，請不用一直叫我大姊或夜魅，直接叫名字就行了。」

女性從自己的通訊儀器中叫出一段名片碼，讓青鳥記錄到自己的儀器裡。「這是我的聯絡訊號，如果有什麼問題可以聯繫我，私人時間或許也可以幫得上忙。」

看著顯示在自己通訊器裡的名字，青鳥整個樂到開花了，他沒想到居然可以拿到夜魅的聯繫方式。「謝謝。」

「不用客氣，既然你沒有要找人，那就快點離開吧。」

□

「這就是昨晚遇到的事情。」

一想到自己運氣居然還不錯，青鳥就很樂地扒著飯繼續咬。

面無表情地看著自家學長，其實很想潑他冷水的琥珀硬是忍下來，沒有去打壞對方的好心情。

其實他很想告訴眼前的傢伙，夜魅並不負責巡街，維安都是一般聯盟低層巡街組在做的，夜魅本身是特別隊伍的能力者，只有在需要時才會出動執行任務；喜歡英雄片的學長不可能不知道這件事，但是竟然覺得一點問題都沒有……那個夜魅那時候出現在飲酒區，有極高的可能性也是去打聽強盜團的消息。

算了，反正八成也無法從對方口中問到點什麼，琥珀只好假裝不知道有這些事了。

吃了幾口之後，青鳥又轉回本來在講的話題：「話說回來，那現在該怎麼辦，大俠你平常是怎麼找壞人的？」他看英雄片和新聞的追蹤報導都有提到處刑者們有自己的探查方式，除了少數狀況會誤判之外，大多出名的處刑者都能夠百分之百確定下手對象的罪行，在制裁的同時把這些黑暗面全都揭穿，也就是這樣才會廣爲受到大眾檯面下的支持與歡迎。

打算成爲處刑者的青鳥對這種管道也超有興趣。

「在下還留在第七星區的朋友其中一位是專門打探消息者，在下和分散此處的另一位才是處刑者。」

言下之意就是大白兔平常也是靠情報人員。

「這樣怎麼辦？那琥珀你帶兔俠出去？」青鳥一秒把主意打到自己學弟上。

「……那一樣擺明是陷阱吧。」琥珀冷冷地看著提出餿主意的人，不過對方腦子空也不是一天兩天的事情了，早就習慣了不少。「吃飽之後，我入侵聯盟的軍用系統看看，說不定可以鎖定比較可能的位置，我想軍方應該也正在搜索那些人。」如果昨天那個夜魅眞的是在打探消息的話，應該也派了不少人在蒐集訊息，依照軍方的效率速度，大概已經找到些蛛絲馬跡了。

「喔喔喔！琥珀眞是乖小孩！這樣我們就可以縮小尋找範圍了！」他學弟果然是天才。青鳥很興奮地眼睛發亮，他第一次有種眞的要走上英雄之路的感覺。

「另外，如果要讓他們出面，也不是沒有辦法。」轉過去看著剛剛竟然要自己做誘餌的人，琥珀勾起某種纏繞著黑氣的冷笑，「不過學長你就要自己下海了。」

「咦？」青鳥突然覺得背脊一冷，有種很不好的預感。

「你不是很想找到強盜團嗎？」琥珀看著顯然一僵的友人，「難道連一點付出都不肯嗎？」

「當然是肯！」熱血衝上腦袋的青鳥完全忘記三秒前的預感，亢奮地握著筷子，「不要說一點，很大點也沒關係！只要可以除暴安良、爲國爲民！個人犧牲點什麼都沒關係的！這是懲奸鋤惡的基本原則！」

有時候，琥珀眞的覺得像他學長這樣的人活得眞的很快樂。

不知道該說沒大腦好還是無憂無慮、不知人間險惡好，眞是活到一點負擔都沒有。

「琥珀，你幹嘛嘆氣？」眨著大眼睛，青鳥關懷地看著自己突然嘆起氣來的學弟。

「沒事，那麼我就來講計畫吧……」

反正，是他自己答應要付出的嘛。

□

「我深深覺得這是餿主意。」

聽著通訊儀器裡傳來的抱怨，坐在公園長椅上的琥珀勾起微笑，繼續翻看手邊的虛擬文字，「學長自己不是說一點犧牲不算什麼嗎，而且其實也沒犧牲到什麼東西啊。」

「有，犧牲到我的男子氣……算了。」

再度笑了下，琥珀決定不管另外那端傳來的碎碎唸抱怨。

所謂的通訊儀器，也就是隨身儀器，大約是手環的大小和樣式、有的則是耳環的樣子，幾乎是每個人都必備的，含有短程通訊功能、記錄身分的資訊，以及各式各樣的訊息，都可以隨時更新和下載，像他正在看的虛擬書籍也是直接從裡面列出來的。每個人的儀器功能都不太一樣，端看使用者自己如何安裝與設定。

上午入侵聯盟軍方的系統資料後，他們發現聯盟注意到這帶有可疑的人物出入，其中也出現了火焰圖案的字眼，最近正在加強巡邏。

看著周圍的行政建築，琥珀思考著，看來強盜團在這邊可能也有聯盟裡的人接應，所以青鳥他們去商店區才找不到人。

他們現在所在的位置是行政區中的綠色公園，在莉絲出現之後，原本的科技與工業幾乎已經廢棄，植物重新取代了那些開發工廠，所以不少地方都重新規劃成公園區域，讓人們可以自行使用，人力車等也可休息。

學校被炸掉之後暫時停止上課，所以扣除當天罹難的學生以外，釋出在外的學生也不在少數，連行政區裡也多少可以看見一些，可能是和父母一起出來或是辦事情的。

琥珀知道青鳥是獨居，幾年前還有個保母住在一起照料他，但是發生一些事故後就只剩他了，所以青鳥不管住校還是外宿都沒什麼差別，更多時候會住在自己家，於是才和自己不定時回家的父母處得很好。

總之，一向安靜的公園也比平常熱鬧不少。

附近的大樹下就有幾個孩子在玩鬧，穿著漂亮衣服的小女孩們玩著娃娃，男孩們則是追打成一團。

一些看照著孩子的成人就聚在一起聊天。

再遠一點是人力車的車夫們，正在等待行政區下班後招攬客人。

「你覺得眞的會出現嗎？」

青鳥有點悶的聲音再度傳來。

「一開始不是說了只是試看看嗎，不出現也好，起碼沒有危險。」關掉文字系統，琥珀站起身，順著長長的樹影走到人力車附近，然後看了看時間，距離出門到現在已經有好幾個小時了。「再不出來我們就去吃飯吧。」天色也不早了，他這樣坐一個下午也感到有點疲累。

「也好。」

「那公園外面集合吧，我請你去吃你愛吃的芝麻湯圓，商店街很有名那家。」露出淡淡的微笑，琥珀一想到他學長現在的模樣，就覺得自己的惡作劇可能也有點過頭了，但是那樣子眞的很適合。

「耶！走吧走吧！」

切斷通訊後，琥珀走了兩步，然後皺起眉停下，剛剛在附近的幾個車夫已經擋在他面前，露出不懷好意的表情。

「這邊是行政區，來往的聯盟軍和街道管理隊不在少數，如果因爲貪圖湖水綠，勸你們最好不要想在這邊動手。」冷冷地看著四、五個比自己高不少的精壯車夫，很習慣這種場面的琥珀也沒什麼慌張神色，只是淡淡地斥了聲：「退下。」

被這樣一說，的確是臨時起意的幾個人有點猶豫，但每個人都知道湖水綠代表的是很大一筆錢，像他們這樣拉車或許要不吃不喝拉上一百年才可能存到那種金額，雖然擄人和販賣是重刑，可是還是相當吸引人。

重點是，眼前這個少年看起來不過十五、六歲，是很容易下手的對象。

就在琥珀有點不快地想要斥退這些人時，他突然發現這些車夫身後不知道什麼時候多出了兩、三個高大的人影，全都穿著黑衣服，無聲無息地同時舉起刀。

「等——」

還來不及說完剩下的話，琥珀往後退開，那些車夫全倒在地上，被劈開的背脊露出見骨的血肉和不斷冒出的血液，瞬間大量失血的人體貼著地面不斷反射性抽動著手腳，很快地就不再有任何動作。

看到這種駭人的畫面，公園裡立刻出現騷動和尖叫。

他抬起頭，看見那些帶刀的黑衣人就是前一天在學校裡看見的強盜團——臉頰上有火焰圖案的男人，還有叫作克諾、肌肉糾結的大漢以及另一個他沒看過的人。

又往後退開兩、三步，琥珀正想重新打開通訊，那個火焰男動作比他更快，一個搶奪，硬生生將他的通訊儀器給拔下來，直接拋高一刀砍半。「沒想到本來不要的商品自己送上門來……你不是正在找我們嗎。」

「……你們在這邊很久了嗎？」對方會先破壞通訊器，就代表自己和學長講話時這些人就已經在了，只不過不知道來了多久。

「沒多久，不過看見商品居然主動當誘餌，真是讓我感到興趣，這筆錢不收都不行。」男人抽出刀，直接架在少年脖子邊，「兔子呢？昨天晚上那個小孩鬼鬼祟祟在打聽我們，今天換成你當誘餌，應該都是那隻兔子的主意吧。」

「你知道我是誘餌還出來？」瞇起眼，無視脖子上的刀，琥珀估算著學長他們趕來的時間。

「不過就只是一隻兔子，前天是我們大意，今天該死的是他。」勾起一抹噬血的笑，男人環顧了不斷有人逃出的公園，「當初他破壞我們的飛行器是被發現之後臨時決定，並不是聯合其他處刑者的行動，所以只有兩個人。在這個星區他還沒找到可合作的處刑者，所以不用擔心他會有什麼大動作。」反觀朱火強盜團從第一到第七星區都有聯絡點，他才這麼快就有藏身處和後援，比較起來那隻兔子的確居於劣勢。

同樣也想過這點，琥珀跟著對方的刀慢慢被迫移動向前，「不過你們大白天就出現在這種地方，第六星區一樣也有處刑者，不擔心立刻被盯上嗎？」

「那也要花點時間，等他們得到消息時，你八成已經在黑市賣出筆好價錢了。」男人看了眼旁邊的同伴，站得最近的克諾立刻過來接手押人，「我改變主意了，前兩天你們把我要得那麼難看，不將你賣給殘暴的人無法平息我的忿怒。」

……也太久。

直接被拽住的琥珀皺起眉。

「渾蛋！給我放開琥珀！」

尖銳的聲音從公園遠遠的另一端傳來，「你們這些渾蛋強盜！」

終於到了。

男人跟著聲音看去，只看見剛剛在另一處玩布偶的某個小女孩用很快的速度衝往他們這邊，穿著粉紅色的蓬蓬裙，金色的微鬈髮編了個可愛的髮型，後面還揹了隻很大、毛茸茸的熊玩偶。

那張臉倒是有點眼熟。

□

「可惡！礙事的裙子！」

抱住一大圈妨礙跑步的蓬蓬裙，這輩子第一次覺得布料如此可恨的青鳥好不容易趕上了那群冒出來的強盜團，然後才放下裙子，拔開脖子上快要勒死人的蕾絲——裡面縫著很小的變聲器，然後他咳了兩聲，指著強盜們：「你們這些強盜！終於出現了吧！快

點把琥珀放開！否則我就代替正義殲滅你們這些邪魔歪道！」

「……那個很會躲的小鬼？」男人瞇起眼睛，打扮成這樣他還真的沒發現之前那個讓人發火的小鬼就混在一堆小女孩裡玩遊戲。

「對！就是我！」扠著手，拔掉變聲器後其實聲音也沒改變多少，只有稍沉一點、比較像男孩而不是小女孩的青鳥恨恨地說。

「還有在下！」

接著，和男孩等身大的熊布偶從後面跳下來，拔動了幾下後，裡面的大白兔脫掉偽裝用的熊皮，晃出了兩根耳朵和有點沾到熊毛的白色身體，接著抬起短短的兔掌指向前兩日逃走的強盜們，「全部天誅。」

看著穿上整套盛裝的小鬼與兔子，完全不將他們放在眼裡的男人冷笑一聲：「天誅嗎……該下地獄的是你們這兩個不知道天高地厚的東西，殺掉！」

話說完，多出來的黑衣同伴直接衝上前，一刀往大白兔劈去。

正打算衝過去救人的青鳥在聽到大樹上傳來東西掉落聲響時，本能性往後一翻，正好險險閃過劈下來的刀，接著他就看到前天地下室那個有著火焰圖案的橘髮女孩站在他面前，眼神凶狠地瞪著他。

「噬，你可以走了。」橘色女孩揮揮手，然後揚起曾沾滿血的刀。

「交給妳了，美莉雅，最好把這個不知死活膽敢和朱火作對的小鬼切成幾十塊，送回給他父母。」收起自己的刀，被稱爲噬的火焰圖男人轉過身，準備將到手的商品先移到他處。

一抹黑影直接切進他和克諾中間。

反射性地，最靠近的克諾往後退了一步，下意識保護自己前方；同時，抓到空隙的琥珀一個掙脫，還沒跑就被卡進來的人給推開很遠。

又是一個完全沒看過的陌生人。

大概二十多歲，深色的皮膚，穿著制式服裝，很有普通上班族的樣子。

「兔俠的那個同夥！」認出對方，噬發出低吼。

也沒應答對方的話，穿著制服的青年低低咆哮了聲，甩開雙手，本來和一般人無兩樣的手突然抽動了幾下不斷賁起抽長，指甲也開始往外長，最後出現的是一雙有著黑色爪子的獸手。

跟著出現變化的臉部稍微部分扭曲，拉長的眼睛直接變成血紅色，臉頰到眼後也都長出了黑色的毛髮，青年原本抹著髮油的短髮跟著抽長，最後爆開長到腿邊的長度，整個身體也大了一圈，直接把克諾給撞飛出去。

「野獸系的能力者！」

抽出刀，男人在半獸化的青年撲過來前已經跳開一大段距離。

「小朋友，快點和你的同伴離開這邊。」偏著讓人覺得恐怖的半獸首，青年這樣告訴一邊的琥珀。

點點頭，琥珀轉向了他學長那邊。

後者抱著一大堆裙子布料，正快速地躲避女孩凶狠的刀招，但是女孩速度也不慢，所以讓青鳥躲得有點狼狽，一身精緻的洋裝也被削得破破爛爛，原來具有的價值也全都毀了。

這種時候也不是追究自己父母精心收集的商品變成廢物的問題，琥珀吹了記響哨，讓青鳥注意到他已經脫險。

看到人逃出來後，青鳥也不打算繼續和女孩糾纏下去，「太凶會嫁不出去喔！」他放開手，一個旋身，讓女孩的刀劃破該死又障礙的超長裙子，順勢把那些布料撕光，大蓬長裙瞬間變短裙，他也樂得極速衝出女孩的攻擊範圍。

女孩一撲空，面色更加可怕，正要上前一起把人殺掉時，大白兔已經擺平了黑衣男人，打斷對方的腳之後跳到女孩面前阻斷去路。

「這邊請讓在下和在下的戰友處理，兩位小朋友快點離開。」看到自己的同伴出現，大白兔也放下心來，專注著眼前敵人。

「你們兩個也一起跑比較好。」看著引起的騷動已經驚動聯盟軍隊伍包圍過來，青鳥急忙說著：「我們星區的區域隊伍超嚴的！」

「嘖，先撤退！」看情況也取不了勝，女孩衝著男人叫了聲，接著轉身就跳上大樹，一下子消失了蹤影。

「哼！」克諾快速移動幾步，也跟著失去蹤影。

「……你們等著。」狠狠地瞪過了三個人加一隻兔子後，火焰的男人突然甩出刀，對象不是青鳥也不是琥珀，而是地上那個被大白兔折斷腳的同夥，一刀正中對方頸部，當場將頭顱切開來；下一秒，那個黑衣男人連聲音都沒發出，就這樣像是粉般地整個潰散崩解，只剩下一堆黑色粉末形成人形。「敢與朱火爲敵，你們會後悔。」

一陣風狠狠颳起，接著最後一個人也消失了。

「看來都是很強的能力者。」大白兔若有所思地看著地上的人形黑灰，「黑梭，記住了嗎？」

變回人形的青年點了下頭，「氣味都記住了，只要有機會就可以開始追蹤。」

站在一旁的青鳥瞇起眼睛，從剛剛開始他就覺得這個人很眼熟，眼熟到……「啊！你不是那天我遇到的人嗎！」

青年轉過來，嗅了嗅，「你是樓梯上那個學生？不是男孩子嗎……」說著，他看向青鳥身上被削短的洋裝。

身高差不多到自己胸口的女孩……男孩穿著看起來本來該價值不斐的可愛洋裝，金色的髮湯鬈了紮著，白皙的臉還有點淡妝，不說話看起來完全就是個很可愛的小女孩。

青鳥漲紅臉，「這是僞裝！只是僞裝！」

「總之，我們先離開這裡吧。」

琥珀這樣卡斷對話。

第六話▼▼▼森林之王的委託

今天下午，行政區域第三街道區公園發生了能力者擅自使用能力危害事件，造成了五名一般居民死亡。根據調查，死者皆爲無能力的普通居民。

目前聯盟部隊已經展開事件與能力者的調查，同時實施宵禁。

請居民晚上十點之後留在家中……

「實施宵禁了。」

關掉視訊儀器，琥珀轉過來，看著他家變多的客人，「好，現在你們自己討論吧。」他今天也已經陪他們過了，對於早上踩學長的抱歉和懺悔額度也用光了，現在開始就不干他的事情，「請自便。」

看著他家學弟和昨天晚上一樣丟了話、選了書之後就逕自上樓，正在卸妝的青鳥苦著張臉轉回大白兔和青年，「沒抓到強盜團，而且還害別人被砍死，現在要怎麼辦？」他沒想到那個強盜團這麼囂張，大白天的沒有一絲僞裝大剌剌地出現就算了，居然一出現還殺人，搞到第六星區現在整個氣氛緊張，連琥珀這種半山裡的房子剛剛都有巡夜部隊來敲門看看有沒有問題。

「那幾個也不是好人，起碼令人安慰一點。」黑皮膚的青年一屁股坐在椅子上，也不怎麼客氣，「我看他們本來是想抓樓上那個湖水綠，對朱火商品動手的通常都是死路一條，當然讓他們砸掉飛行器的我們也是。」

「琥珀不是商品啦。」轉過頭，青鳥很慎重地指著對方，「就算你也是兔俠的同伴、處刑者的成員，也不能亂叫別人是商品。」

青年舉起手表示投降，「抱歉。」

「但是他們有出現就好辦了，這樣在下和黑梭要追蹤就很容易。」盤腿坐在地上，大白兔晃著耳朵，思考著那幾個強盜團。「黑梭只要記住氣味，找人就會相當地快。」

「黑梭？」青鳥頂著妝都糊了的臉再度看向青年。

「你好，我是黑梭。」青年爽朗地笑了下，「兔俠的朋友，野獸系能力者，嗅覺大概有狗的二十倍吧……或許更多，總之只要記下的味道都可以追蹤，獵物逃走可都是我在追捕的。」

「我叫青鳥。」用力地把臉擦乾淨之後，青鳥興致勃勃地轉回來，「我知道第七星區最出名的就是兔俠跟曼羅賽恩，該不會曼羅賽恩也有來吧？」因爲第七星區和第六星區的地理位置較近，資訊也比較多一點，比起來，他對第一到第四星區的處刑者就不是那麼熟悉了，大多就是聽過幾次名字和行動事蹟而已。

但是全部星區中，最廣爲人知的還是外表奇特的兔俠。

先不說各星區的綜合強度，光那個布偶的行動樣子就足以位居七大星區顯眼之冠。

「很可惜，並沒有。」黑梭一秒搖頭，「曼羅賽恩那傢伙最討厭團體，所以不可能和任何人同行，我們當初都以爲他會去當自由行者，沒想到他會成爲處刑者，是個意料之外的傢伙。」

「原來如此，我還以爲處刑者都是天生行俠仗義，所以大家都是朋友，會群聚在一起決定要怎樣去殺壞人。」青鳥一握拳，熱血地說。

「聚在一起怎麼決定？擲骰子或猜拳嗎。」笑了聲，黑梭伸出手搓搓小孩的頭，「乖，不要想太多。」

青鳥委屈地看著青年，「是說我很想拜兔俠當師父——帶我去行俠仗義、懲奸鋤惡吧！大俠！」說著，他又轉過去看旁邊的大白兔了。

「在下不收徒弟。」大白兔繼續拒之千里。

「等你長大再說吧。」黑梭聳聳肩，露出兩顆潔白的虎牙笑了聲，然後隨意地坐在櫃子上，這種動作讓他看起來比實際年齡更孩子氣了點。「現在的問題是朱火那些人，放著不管一定馬上會出事，他們會把飛行器降在這裡肯定也有目的。」

「在下也這麼認爲，你當天下去時有發現什麼嗎？」

黑梭搖搖頭，回憶著那天的情況，「這個小朋友說下面還有個朱火的團員，但是下去之後我什麼也沒看見，只好折返，但是看見聯盟的人已經上去，只好暫時先躲開。不過今天看見時，根據我記憶裡的味道，當時在下面的一定是那個小女孩，殘留的氣味一致，可能是找到離開管道先去通報了。」

「嗯，看來有必要和第六星區的其他處刑者聯繫，在下認爲經過上午的騷動之後，這區的處刑者應該也都有動作了。」思考著那些朱火成員出現的區域，還有早先琥珀查出來的情報，最後再加上多出來、卻成爲累贅後被馬上殺掉的援手，大白兔認爲那一帶一定還有個朱火分部，如果眞的要剿滅，那就必須多找些人幫忙才行。

最快的方式是聯繫第六星區的處刑者，只要多幾人幫助，一定可以順利完成任務。

「可以看到我們這邊的處刑者嗎！」青鳥眼睛都發亮了，沒想到很有可能可以看見更多偶像，「像是月神、森林之王泰坦和伊卡提安嗎？」

「這個區域是這三位處刑者的實力特別強嗎？」相處了一、兩天，大白兔已經把眼前這孩子的個性摸得差不多了，不只單純還熱血，特別喜歡這些不受聯盟管制的處刑者，和很多普通小孩一樣。

「嗯，雖然第六星區的處刑者也不少，不過最有名、也被通緝得最厲害的就是他們三個，尤其是伊卡提安，聽說他原本是荒地之風裡的賞金獵人，但是同伴被聯盟中的指揮官殺死，爲了報復那個搶功亂殺人的指揮官，他也殺掉對方，後來就在第六星區定居下來變成處刑者了。」搔搔臉，也是從各種管道中聽取這些事蹟的青鳥很盡責地告訴眼前兩個處刑者：「之後伊卡提安就專殺聯盟裡的壞人，所以被懸賞追緝得很嚴重。另外月神和泰坦就和你們一樣都是自選對象，就沒有特別針對身分。」

與黑梭互相交換了一眼，大白兔支著下頷，「看來應該要找月神或泰坦合作爲佳。」尋找針對聯盟的處刑者可能會帶來不必要的麻煩。

「泰坦的話，可以去第六星區未開發的森林區域碰碰運氣喔。」看他們好像有確定對象了，青鳥快樂地提供消息，「第六星區的人都知道，泰坦住在黑森林裡面，所以才被稱爲森林之王，只是聯盟一直找不到他……如果都是處刑者說不定可以找到，當然一定要帶我一起去！」

「在下也希望能麻煩你，畢竟在下的樣子太顯眼了。」盯著小孩，大白兔又轉看地上破破爛爛的洋裝，「如果可以像今天一樣，就太感謝了。」

「……又要扮女生嗎？」青鳥眼神死了。

「這樣和在下一起最合適了。」

大白兔點頭。

「既、既然是兔俠的要求……」青鳥只能把淚往肚裡吞。

就當成未來的處刑者實習好了……但是一直穿女裝到底可以實習到什麼？變裝嗎？

他不想當一個只會變裝成少女的處刑者啊！

青鳥抱住頭，驚恐了。

□

琥珀闔上書本。

幾乎在同時，他房間的門被敲響了幾下。

「抱歉，請問在下能進去嗎？」

看了一下時間，都已經深夜了，也不知道對方還想幹什麼，琥珀站起身，打開了房門，門外的大白兔點了一下頭，接著在他把門打得更開後走進房。

「在下是來爲這兩日的事情道謝，尤其是今天差點讓閣下面臨危險的幫助。」看著關門的少年，大白兔跟著他走到桌邊。

「不用謝了，學長看不出來，但是我知道這就是你的目的。」冷冷地看著大白兔，那雙無機的紅色眼睛倒映著自己的影子，琥珀聲音完全沒起伏地說道：「你從一開始就打算讓我去當誘餌，所以才會跟著我們回來，還讓學長幫忙。」

「……」

「你那個同伴，在公園時說他記住後就可以追蹤味道，也就是你根本沒有和他分散，說不定他從昨天開始就一直在我們附近，所以公園那時他才會出現得那麼巧。」幫自己倒了杯茶水，琥珀坐在桌邊，陳述著：「他穿的是行政區的制服，也說明他和我們一樣在那裡埋伏，如果不是已經和你聯繫上，他又怎麼知道學長也是同伴、還是可以自保的能力者，才轉而優先救助我。」那種狀況下，不論是誰都會先選看起來是少女、還是很小孩子的學長才對吧。

會讓琥珀產生懷疑的決定性問題是最開始，青鳥從醫院櫃台領到兔子這件事情。如果不是有人告訴櫃台，醫院又怎麼會認爲大白兔是學長的東西？

沉默了半晌，大白兔才傳出聲音：「是，如你所說，眞的非常對不起。但是在下認爲這是引出朱火最快的方法，在下當時也已經和黑梭以保護你們兩位的性命爲第一優先，希望你可以諒解。」他只是沒想到這個年紀看起來輕輕的少年，已經把所有事情看在眼裡，還不動聲色地陪他們引出朱火。

「放心，我不介意，你們也不用放在心上，反正學長看起來很高興就算了。」基本上不管有沒有被利用，琥珀完全沒有什麼特別的感覺，並不覺得憤怒或是不悅，頂多就只是舉手之勞而已，但是他也不想一直幫下去就是。

「在下還是虧欠兩位，日後若有需要，在下可以盡力幫你們做到三件事情。」大白兔認眞地說著。

「那就收學長爲徒？」

「這就有點難度……」大白兔抓抓腦袋，「在下並不是存心刁難，只是在下選擇之道太過危險，長期跟著在下會有相當大的生命危險。」所以他才不想要讓那麼小的孩子跟著，雖然是能力者，但是實在是太年輕了。

「我隨便說說。」也沒有要強迫對方的意思，琥珀打開了旁邊的儀器，「我幫你們又入侵了一次聯盟通訊，取得了一些和朱火相關的調查。聯盟追查出今天被崩碎成灰的那個朱火死者叫作大衛，是行政區裡的清潔人員，聯盟部隊正在調查他的背景。」

「非常謝謝你，這些消息很有用。」大白兔拿出自己的隨身儀器，然後下載了這段資訊，「在下明日會和青鳥小朋友前往森林區……」

「去森林區尋找泰坦吧……不意外，你們想在這裡追查朱火成員，就必須找這裡的處刑者合作；要找處刑者，學長一定會告訴你們三個人。」一天到晚都在聽青鳥唸那些名字，琥珀當然也知道對方的喜好。當中最好找的就是泰坦，他完全可以猜得出來。

「是的，明日在下等人會前往拜訪泰坦，所以就不再打擾閣下的休息了。」拱起兔掌，大白兔規規矩矩地一揖。

打開門讓兔子出去之後，琥珀才鬆了口氣。

要去找泰坦嗎……

□

第二天一早，再度被打扮成蘿莉的青鳥黑著張臉把大熊布偶揹在身後，和黑梭一起離開琥珀的家。

「我覺得我遲早會被當成變態……」

洩氣地坐在動力車後，連續兩天穿著洋裝的青鳥有種遲早會被聯盟抓去關的感覺。

那個說森林區太遠了不想跟的琥珀，一早就不知道從哪裡又弄了一件據說是父母從遠地收回來的高級商品——一看就是很貴的洋裝出來，水藍色的布料和白色的蕾絲，上面繡了很多小雪球和蝴蝶結，連膝上襪跟鞋子都是同色系的，讓他看了就很想死。

說眞的，如果是一般小女孩穿成這樣，青鳥一定會覺得超可愛，而且搞不好還會想問問要不要以後當自己的新娘，但是穿在自己身上就覺得超可恨。

琥珀到底是去哪裡找到這麼貼合自己身材的衣服！連沒有胸部都沒關係！套進去以後看起來好像竟然還有一點究竟是怎樣設計的！

而且他和學弟同宿舍這麼久，昨天才知道他很會化妝和造型！

青鳥原本的短髮在對方拿出髮絲和儀器銜接下，已經變成一頭及腰的大鬈，還繫了藍色的緞帶，撲了粉的臉也精緻得看起來活像是洋娃娃一樣。

雖然不想自己說，但是畫完妝之後青鳥也覺得自己眞的是個陶瓷娃娃般的小女孩，更別說還帶了隻大布偶，整個夢幻了起來。

不知道在想什麼的琥珀還弄來兩條藍色領結，把大白兔和充當僞裝的熊皮都繫上去，還剛好與他的打扮穿著配成一套，不管是左看右看上看下看，都會覺得是個帶著娃娃的天眞小蘿莉，一點都不會想到原來他是男孩子還是二十歲的男人！

琥珀，難道我跟你有什麼仇嗎……

「小妹妹還眞是可愛啊，你們是兄妹吧？」

因爲路程很遠，即使是使用速度最快的疾速動力車也得花上大半天的時間，於是駕駛乾脆和坐在前面的黑梭有一搭沒一搭地聊起天，「很久沒有看到這麼可愛的小女孩了，瞧瞧，眞像陶瓷娃娃；眞可惜我沒有兒子，不然還眞想問小妹妹以後長大要不要嫁給我兒子。」

「啊哈哈，對啊大家都這樣說，眞的很可愛。」黑梭很爽快地回應對方的稱讚。

一點都不可愛！

二十歲了被說可愛一點都不值得高興！

而且嫁什麼鬼兒子啊！誰要嫁你兒子！

「對了，這週實行宵禁，如果幾位客人有需要，只要付一點預付金我就可以在這邊等你們到五點。」六個小時後，動力車停在森林區入口，駕駛這樣告訴他們，「這裡平常人煙很少，也沒有推進車，如果來不及我也可以先帶你們到附近一帶不錯的旅館。」

黑梭給了對方幾枚錢幣後，駕駛便眉開眼笑地去休息了。

「不過未開發區還眞遠，如果要自己用走的，從小朋友們的住處到這裡最少得花上十天半個月吧。」看著一眼望過去看不到盡頭的濃密巨大森林，黑梭抓抓頭。

他們都已經用了動力車中速度最快的頂級車輛，居然還是得花到六個小時的時間。確定周圍沒人之後，大白兔從熊皮裡鑽出來，「先把入口定位吧。」

莉絲出現後，原本幾乎絕跡的植物生長得很快，短短百年就已經造就了許多巨大參天的樹木，像這樣的無垠森林也不在少數，第七星區裡同樣有一些。

不過在第一星區中應該還是被夷平了吧，六、七星區都是人口、重新開發較少的尾端星區，人口與科技密集集中的第一星區恐怕還是見不到這種鬱綠之森。

用隨身儀器記錄好位置後，黑梭對著森林嗅了嗅，「裡面的確有幾個正在移動的類人種味道，都很隱密，數量可能會比我們想像的還多。」

「所以真的可以看到泰坦嗎？」拉著讓人覺得底下兩條腿很空虛的蓬裙子，雖然穿成這樣很彆扭，但是青鳥還是不掩興奮。

「這就不清楚，在下並不確定這個區域的處刑者是否樂意見外人。」一前一後走進森林裡，殿後的大白兔邊警戒著周圍的變化，邊說著：「不過既然是森林之王，這位泰坦是與黑梭一樣的獸化能力者嗎？」

「好像不是。」走在中間的青鳥抱著一堆礙事的裙子布料，一邊踩過地上的斷枝枯葉，「雖然沒有特別傳出是哪種能力者，但是確定不是獸化能力，因爲大家都說泰坦是自然能力者，所以才會住在森林區……說起來，大俠是哪種能力者？」歪著頭看向身後的大白兔，其實早就想問的青鳥露出好奇的神色。

「在下是體技的能力者，只要看過一次就可以把對方的動作都複製起來，像是武術之類的動作。」拱起手，大白兔如是說。

難怪之前看他打人超強，居然還會傳說中的高強拳法。

青鳥偷偷想著該不會大白兔沒事就是在看影片吧，裡面的確有很多拳法武術，而且每套都打得很漂亮。

不過這樣講起來好像也怪怪的，「難道你眞的本來就是布偶嗎？這樣不對啊，沒有聽過布偶會活的……」青鳥知道的是大家都傳說兔俠是操縱系能力者的部分，沒想到竟然不是，那麼他是布偶這件事就很怪了。

「不，在下原本是與小朋友你一樣的人類，因爲某些事才會變成這樣。」

因爲大白兔似乎不太想講，青鳥也沒有繼續追問下去，笑笑地轉了話題，「原來如此。我呢雖然也是能力者，不過只有速度和反應、聽力都比別人好，所以每次要作弊和回答教授的問題就很方便……」因爲琥珀都會幫他提示。

一講到學校，青鳥也垂下肩膀。

這兩天他都盡量不去想學校的事情，那些死去的同學和老師、教授……本來很喜歡拿他的外貌和身高說笑的老師同學們都不在了……

「嗚嗚嗚……」

看到前面的小孩突然哭了出來，後面的大白兔被嚇了一跳，有點不知所措地晃著耳朵跑上前，「在、在下是人類的打擊有這麼大嗎？」竟然講完就哭出來了，難道他應該說他本來就是兔子布偶會比較好嗎？

大白兔覺得自己生平第一次遇到難題。

用力地抹抹眼淚，青鳥搖搖頭，「沒事，我自己哭兩聲就好了。」他一定要跟他們一起找到強盜團，然後幫死去的老師同學們看那些人被懲罰才行。

「這、這眞抱歉，其實在下剛剛是開玩笑的，在下眞的是隻兔子啊哈哈……」大白兔亡羊補牢地想要抹掉剛才說過的話。

「嗯嗯我知道你是兔俠……」

「對對，在下是兔俠……」

聽著後面莫名奇妙的對話，走在前面開路的黑梭都不知道該不該大笑出聲，不過笑出來可能會被他生性認眞的兔子友人揺就是。

正打算回頭揶揄他們幾句，嗅到空氣中猛然出現的複數氣味，黑梭立刻停下腳步，擋在青鳥前面。

同時也注意到不對勁，大白兔也保護著跟來的孩子。

「第七星區的處刑者，爲何會出現在第六星區的區域中呢？」

隨著白色的雄鹿群從森林黑色的深處出現，淡淡的聲音也跟著飄了出來。

青鳥努力地想看看是哪種能力者，但是看來看去都是那些有著大角的白鹿，連個人影都沒看見。

不過聲音聽起來很舒服倒是眞的，是某種較低的女性聲音，雖然有點冷漠但是卻隱隱帶著溫柔的感覺。

「在下在追蹤朱火強盜團，想請求第六星區的泰坦幫助。」也不怕那些不友善包圍他們的白鹿，大白兔拱起手，很誠懇地說道。

站在一邊的黑梭拉拉友人的耳朵，朝上微抬了抬下頷，大白兔這才發現不知什麼時候，周圍的大樹上也出現了不少人影，身形都隱藏在樹葉枝幹裡，完全看不清楚樣子。

「喔？我們是有聽說昨日出現強盜團與前日的飛行器，同樣也打算查探這件事情，但是泰坦並沒有與外客合作的打算……」

「咦？處刑者不是應該要互相幫助嘛！」聽對方好像眞的不想管，青鳥一急就跳出來，差點被旁邊的白鹿頂到，「我的同學、老師都被那個飛行器害死了，這種時候不應該分內客外客吧，不快點找到強盜團的人，搞不好會害死更多人喔！」

黑色森林深處突然安靜了下來。

過了半晌，那道聲音才又悠悠傳出來，「這位小女孩，如果你們眞的想尋求泰坦幫助，那麼請先去找月神吧，或許妳能做到。」

「月神？」青鳥愣了一下。

「是的，你們來得很不巧，前兩天月神來這邊大鬧，泰坦並沒有和對方動手的意思，卻因爲要保護動物們一時沒注意、被月神擊中，現在處於深眠狀態。」並沒有露面的女性這樣告訴他們，「如果需要泰坦，請先找到月神。」

「請月神來解開她的沉眠能力。」

□

看著後頭的黑森林，被攆出來的兩人加一兔站在森林入口。

「這下好了……真的得再拜訪另一個處刑者了。」黑梭抓抓頭，看著手上黑森林給的區域地址和一封不准他們打開的轉交信，「不過他們怎知道月神住哪裡啊……」這個地址一看就是外環居民住宅區，正常處刑者應該不會洩露任何和自己相關的資料才對。

「在下也不明白，莫非第六星區的處刑者們有互相通聯？」大白兔一邊穿進熊皮一邊看向唯一的本地居民。

青鳥連忙搖頭，「我也不知道。」他怎麼可能會知道這些偶像平常有沒有通聯，「不過這樣如果再找到伊卡提安，就可以一次看到最強的三個處刑者了耶……」他開始流起口水。

「總之，我們先去找月神吧。」黑梭聳聳肩，聯繫了去休息區等他們的動力車。

因爲不能直接冒失地把地址給外人，青鳥報了個比較接近的街道名後，就又開始漫長的兩小時搭車之路。

「今天回去八成屁股都裂開了。」看著外面下午的天色，青鳥嘆了口氣，難怪琥珀不想跟來，眞的有夠遠，幾乎整天都在搭車。

是說，琥珀的傷不知道痊癒沒有，這兩天看他好像臉色還不是很好看，回去應該要問問才行。

「如果趕不上，就暫時在附近住宿吧。」算了一下時間，黑梭也不曉得要和那個月神談多久，可能會來不及在宵禁之前回到山區的房子。

「嗯嗯。」想著要和琥珀聯繫一下才不會讓對方擔心，青鳥看著窗外的景色，安靜了下來。

坐在旁邊的大熊布偶也一點聲音都沒有，看來大白兔很習慣這種僞裝等待模式，不管是跟著車子搖晃還是突然被煞車甩下去都沒有任何掙動，完完全全就是眞正的玩偶。

終於在睡了半晌之後，動力車進入了住宅區域。

在幾條街外下了車後，他們循著地址一戶戶找去，差不多走到隔街時就聽到街口傳來某種爭執聲和尖叫聲——

「呀——給我滾開啦！我最討厭這個了！」

「茆茆小美女，這個可是最高檔的天香國色，是最搭妳的花啊。」

「說過幾次了我最討厭這種花啦！」

「那不要討厭我吧～」

「去死啦！」

接著是一連串毆打外加賞巴掌的聲音。

黑梭和青鳥對看了一眼，心中同時都想到該不會那麼巧吧……

順著聲音走過去，一轉出去就看見一個大概十四、五歲的可愛女孩，金棕色的及腰長髮、同色系眼睛和米白色的乾淨衣裙，手上提著一個被揍得鼻青臉腫的青年，地上還散落幾百朵紫紅色花朵。

一看見有其他人，女孩馬上把手上的人給丟開，接著在看見青鳥之後瞪大眼睛，發出另一種意義的尖叫聲：「嗚哇——好可愛喔！」

可愛？

青鳥倒退兩步，冷汗都還沒流下來，那女孩已整個撲抱過來，直接黏在他身上……他馬上就悲劇地發現這個女孩子居然還比他高一點！而且還摸他屁股！

抱完他之後，女孩又發現被揹著的熊娃娃，也一樣又撲上去黏抱了一下，最後給黑梭一記嫌惡的眼神。

「茆茆小美女……」被丟在一堆花裡的青年悲苦地爬過來。

「妳好像不是這裡的人耶，之前都沒見過，來這邊有事嗎？迷路了嗎？需不需要幫忙啊？」完全無視爬過來的青年還補了對方一腳，叫作茆茆的女孩親暱地勾住青鳥的手，「我叫作小茆，這附近我很熟呦，還是一起去喝下午茶好嗎？」

看著女孩紅撲撲的臉，青鳥直接被燦爛的笑容給炫花眼，一個「好」字差點脫口而出，不過他很快就回魂過來，「呃，我們還有事情……」

「你們在找地方嗎？」瞇起眼睛，小茆眼尖地看見黑梭手上紙的文字，然後挑起眉，「這不是我家嗎？你找我家幹嘛？」

「……妳家？」

青鳥和黑梭再度對看了一眼。

「妳該不會認識泰……呃，我說森林裡面那位……」留意到一旁還有那個被踩臉的青年，青鳥咳了聲。

「妳是說泰坦嗎？」捂著有個腳印的臉，青年慢慢從地上爬起來，好像完全沒被踩過的樣子，一派紳士地微微彎著身體，配合青鳥的高度，然後露出了優雅的微笑：「這位小美女，我跟茆茆小美女都認識泰坦，不用迴避我。」

看對方表現出風度翩翩的樣子，全身都起雞皮疙瘩的青鳥抓抓手，整個發毛。

「走開！」小茆踢開了青年，「是泰坦要你們來的……哇喔……」

並不想問那個含有愛心的「哇喔」是什麼意思，青鳥抽了抽手，被女孩抓得死緊他也很尷尬，這種狀況下他也不敢說自己是男的，都不知道說出來會不會發生什麼可怕的事情，「我們受託來找月……」

「等等，先去我家再說吧。」捂住青鳥的嘴，小茆左右張望了下，直接扯著人就往另一條路走。

「茆茆，等一下嘛——」青年抓住女孩的另外一邊，一巴掌被打開。

看著前面糾結成一團，黑梭抓抓頭，跟了上去。

第七話▼▼▼月神

他們並沒有走太遠。

已經半掛在青鳥身邊的女孩還熱絡地爲他們介紹這是外環居住區第四街道，住的大多是三、四人家庭，平常上午沒什麼人在。

不過這兩天學校被砸，所以很多學生回了家，才多少有點人在外頭走動。

青鳥問了一下，發現小茆不是他們學院的，而是行政區那邊的附設學校，今年才十五歲，比琥珀小一歲。

「前面第五戶就是我家。」指著不遠處的房子，正打算帶他們過去時，小茆突然停下腳步。

「怎麼……」

青鳥的話還沒問完，就先聽到某種很像是玻璃被砸的巨大破裂聲響，接著一個很像是長椅子的東西從破掉的窗框飛出來，轟地聲直接砸在外面的步道上。

「……」

黑梭與青鳥同時傻眼。

「唉呀，果然又開始了。」放開青鳥的手，小茆走上前，在三個大男人的面前若無其事地單手舉起了那張看起來可以壓死人的長椅子。「進來吧，小心點不要踩到碎片。」

能力者！

她也是能力者！

青鳥立刻就覺得這個女孩應該就是傳說中的月神了，只是和他之前聽到的差距有點大，他都不曉得原來月神是個小女孩。

其實處刑者的實際面貌幾乎都沒有流傳出去，大多都只有動手的消息，是圓是扁沒有多少人確實看過，兔俠是當中的特例。

「兩位請當自己家吧。」剛剛還被踐踏的青年笑嘻嘻地招呼他們一起進去，還非常熟練地繞過地上被砸得亂七八糟的家具碎片，活像已經走過幾千次，沒有絲毫困擾。

看著偌大的房子外全都是家具碎片，青鳥吐吐舌，也不知道是怎樣的狀況才會造成這幅情景。

「請務必小心點。」大白兔細微的聲音從熊皮裡傳來，看來也很擔心未知的房屋。

「嗯嗯。」讓黑梭走在前頭，跟著進去的青鳥才剛踏入玄關，就看見裡面一個大概二十幾歲、長得和小茆很像的女性高舉著手上……手上比她還要大的岩石塊？

青鳥這次眞的嚇到了。

站在女人前面的是個四十多歲的中年男人，很有型的棕髮帥大叔，大無畏地看著那塊比人大的石頭，「妳砸啊，砸下來妳乾脆當寡婦好了妳！反正妳都害我對不起我朋友，砸死算了！」

「你當我不敢嗎！你居然花心花到你朋友身上去！我砸死你當寡婦也好過不砸死你當烏龜！」放大版的小茆尖叫著，眞的要把石塊砸到對方身上。

「烏龜不是用來說女人的！」帥大叔居然還反駁。

早先走進屋子裡的小茆咳了兩聲，「露娜、阿德，有客人。」

女人和帥大叔同時停止手上的動作，女人甚至還把岩石往旁邊一拋，轟地又一個巨響直接打穿了牆壁。

看了眼牆壁，女人嘖了聲，一反剛剛單手舉岩石的可怕形象，突然變成溫熟親切的超級大美女走過來，彎低身體和青鳥平視。「有客人不早說，唉呀呀好可愛的小女孩喔，茆茆妳去哪裡找到這麼可口……這麼可愛的朋友呀？」

如果她身後不要襯著活像是被莉絲轟炸過的背景，青鳥可能眞的會以爲她只是一般無害的大美人，但是剛剛才見識到，現在他只想拔腿逃離危險區域而已。

「他們是要來找月神的。」小茆把手上的椅子放下來，優雅地坐上去，「是泰坦告訴他們的樣子。」

有瞬間，青鳥眞的看見女人眼裡閃過某種殺意，但是轉過來面對他時馬上又恢復和藹可親，「妹妹……眞的是泰坦叫你們來的嗎？」

「我……」

「妳看，泰坦他們都委託人來了，妳還不去認錯！」帥大叔在青鳥講話之前就搶奪發言權，劈口說道：「明明就不干他們的事情！」

「你還敢說！」轉過身，女人瞬間又爆炸，用力推著帥大叔，差點把大叔推飛出去，「明明就被我抓個正著！你還要我去認什麼錯！我早就知道你們有一腿……但是你偷吃起碼要找個像這個妹妹一樣可愛的小女生、小娃娃、小甜甜啊！爲什麼你要去吃他！」

「誰要去吃小娃娃、小甜甜！我就說是妳誤會了！」帥大叔整個抓狂，也跟著爆炸，「我根本沒吃！誰有吃了！明明那時候我只是在幫他做整理，誰知道妳和女兒會去那麼久！女人逛街爲什麼會逛那麼久妳告訴我！明明一眼就可以記住的東西爲什麼妳們可以看十六個小時還不回來妳說！」

「誰都在看東西了！我那天去追強盜了！商店街出強盜我去追還不行嗎！我把強盜打到連他媽都不認識還把搶來的金子塞到他屁眼裡讓他一輩子都不敢搶劫還不行嗎！當我在拚死拚活勞苦勞累時，你居然和別人在溫存啊誰比較過分！」

聽著驚恐的吵架內容，青鳥突然聽出端倪，他有點不敢置信地轉向旁邊的小茆和早就習慣的青年，一臉驚愕地指著女人。

青年和小茆點點頭，後者開口：「你們要找的月神，他們已經吵架吵三天了。」

青鳥突然覺得一陣暈眩。

「停，都給我停手。」確定對象之後，黑梭在女人要去撿岩石回來砸人之前，先卡到中間，「兩個人都坐下來，給我好好談。」

女人和帥大叔互瞪。

「哼！」

「哼！」

□

月神的本名，叫作露娜。

帥大叔的名字叫作阿德薩，和露娜都是行政區中的工程師。

而他們的女兒叫作茆．菲比。

在黑梭把轉交信拿給帥大叔之後，他們便如此介紹自己。

「這究竟是怎麼回事？」

在小茆翻過幾張椅子之後，一群人終於可以好好坐下來談。

讓大白兔出了熊皮自我介紹之後，露娜似乎也冷靜多了，重新恢復那個美麗優雅的女性模樣，端坐在一邊。

「不就是我老公出軌嗎！」冷冷地瞪了眼阿德薩，露娜不屑地轉開視線。

「都說我沒有。」因爲有其他處刑者在，也收斂不少的阿德薩苦著張臉，甚至有點委屈的樣子，「因爲這件事我已經解釋三天了，也三天沒去找醫生，妳還聽不下去嗎？」

「你們兩個從以前就很曖昧，現在還發生這種事，誰相信。」淡棕色的大眼一眨，露娜含著淚水，抽抽搭搭地哭起來，「又不是我叫你不要去找醫生……」

「關於這個，今天的藥我也幫忙帶來了。」坐在一邊的青年笑笑地拿出一個小箱子，討好似地轉向小茆，後者又一巴掌推開，「但是醫生說不去檢查不行，阿德先生還是要快點回醫院喔。」

朝青年點了下頭，阿德薩接過了箱子。

「所以你們兩個到底是因爲誰吵架？」坐最遠的青鳥看他們現在氣氛好像又變好，於是戰戰兢兢地開口詢問。

他從來沒想到月神居然是這種樣子，眞的嚇了一大跳，比看到兔俠洗澡還要可怕。果然眞實會讓人驚愕，看來這句話還眞不是說假的。

「就是那個叫你們來的泰坦！」一講到這件事，露娜肝火又上升，「不過那個異類應該還沒清醒才對，是不是蕾娜要你們來的？」

蕾娜又是誰？

青鳥愣了一下，也沒有點頭，但是對方似乎就直接認定是那個「蕾娜」，自行又接下去，「難怪會找這麼可愛的小女孩過來，就知道我看到可愛的東西會下不了手……但是我還是不會原諒他的！」

黑梭和大白兔疑惑地轉向了大叔。

「是這樣的……我和泰坦是多年的好朋友，不瞞你們說，以前我因爲要收集數據的關係在森林區待過一段時間，那時接觸了泰坦那邊的人，所以與他們也很熟。」頓了頓，阿德薩抓抓頭，「前幾天露娜和小茆一起去逛街，我也回去看看他們過得好不好……畢竟處刑者的身分很危險，尤其泰坦的所在地又眾所皆知，實在是讓人不放心。當時蕾娜和其他人不在，泰坦又睡得很熟，所以我就稍微幫他整理一下，沒想到露娜就認爲我和他……咳……辦事……」

歪著頭，其實不太知道所謂辦事是指什麼，青鳥轉向了黑梭，得到了一句小孩子不用知道太多的打發語句。

「你那時候整個人都趴在泰坦身上！而且還脫衣服！」露娜指著對方喊。

「我只有脫掉外套好嗎，我整間屋子都打掃了有點熱不行嗎，那時候也只是幫泰坦拉個被子，不是妳想的那回事！」阿德薩也生氣了。

「……泰坦也是女的嗎？」青鳥轉向一邊正在嗑瓜子的小茆，做好第三次心理衝擊的準備。

「男的。」

「咳咳咳——」直接被自己的口水嗆到，青鳥還真的被衝擊到。

「其實泰坦也不算男性。」好心地幫對方拍拍背，一樣在旁邊剝花生殼的青年這樣告訴他：「泰坦是無性別的能力者……起碼沒有人類性別，某方面的意義上應該跟那隻兔子娃娃一樣。」

「在下是男性。」大白兔一秒反駁。

「不過娃娃上也沒有子孫根啊。」青年微笑地說出可怕的話。

大白兔倒退兩步，沉默。

「對了，還沒請教你是……」青鳥看著怪怪的青年，問著。

「喔，我是亞爾傑·利蒙。」

「他是第六星區聯盟副總長的兒子。」小茆面不改色地說出讓青鳥再度嗆到的話。

咳了好幾聲之後，青鳥才緩過氣，「等等，妳媽媽是月神吧！」聯盟不是在追捕處刑者嗎！副長的兒子現在就坐在一堆處刑者中間啊啊啊啊——

「請放心，我是支持處刑者的，他們可以幫忙處理掉很多棘手的反派呢，所以當然不會說出去。」亞爾傑完全無視另外一邊的家庭調解場面，心情愉快地告訴青鳥等人，「伊卡提安一直沒有被查到下落也是因爲我在資料上動了手腳，聯盟部隊要去找泰坦時，我也會先發消息過去，好讓黑森林可以做好萬全準備。」

「所以他是聯盟裡的間諜。」小茆補上這句，「敗家子、叛徒、扯老子的後腿。」

「茆茆別這樣嘛，我認爲處刑者的存在是絕對的完美啊。」亞爾傑愛慕地看著女孩，很誠心地這樣說：「像我們這種沒能力的普通人多羨慕可以像你們一樣啊。」

「普通人不要跟我們走太近，不然像阿德……」猛然驚覺自己說太多，小茆立刻中斷話語。

青鳥跟大白兔也剛好轉開頭，假裝什麼也沒聽到。

剛好一邊的黑梭與露娜兩人似乎也談到一個段落了，「好，那就這樣說定了，這樣露娜妳可以接受了吧？」

「可以。」

「阿德呢？」

帥大叔也點點頭。

「好，那待……明天我們就一起去黑森林吧。」原本想要馬上解決掉這件事情的黑梭，在看見外面天色之後，立即改口。

「你們說好了？」青鳥訝異地看著才一下子沒注意，就把所有事情都擺平的深膚色青年，而且他好像還和另外兩人談得頗愉快的，剛剛舉岩石要殺人的夫妻檔現在竟然有說有笑，好像整間屋子被砸掉是假的一樣。

「嗯，阿德答應這週末和露娜出去逛街、吃燭光晚餐，接著陪她去買想要的東西當作賠罪。」環著手，黑梭鄙視地看著完全幫不上忙的青鳥和大白兔，「露娜答應明天去解開泰坦的沉睡，阿德也會當場宣示他最愛的是老婆，然後大喊老婆萬歲三次。」

居然答應這種事情！

青鳥訝異地看著那個帥大叔。

「這樣妳就可以釋懷了吧。」看起來好像鬆了口氣的阿德薩倒是不覺得這種條件有什麼。

「說到要做到喔。」露娜笑了。

□

「抱歉，沒辦法讓你們住我家。」

走在街道上，勾著青鳥的手，小茆靠著他身邊，有點抱歉地這樣告訴他，「因爲連客房都爛了，只好委屈你們先住旅館。」

揹著鑽進熊皮裡的兔子，青鳥很尷尬地想遠離黏在他身上的女孩，但是對方力量明顯大於他，抓得死緊完全掙扎不了，「不用介意，我們本來也打算住外面。」看那房子的模樣，就算他們要留他還不敢住咧，那顆岩石到現在還嵌在牆裡，誰知道半夜睡覺睡一睡會不會突然就砸到自己身上。

「其實你們可以住我家……我不是和父親住在一起，自己在外面有房子。」亞爾傑抱著小茆另外一邊的手，歪著身體很想跟他們多親近，然後被女孩踢開。

「不過月神這麼好說話，實在是太好了，希望泰坦會更好說話，這樣追捕朱火就有好的開始。」計算著可以一次找到兩大幫手，黑梭心情愉快地說著，這還眞是一連串倒楣事情的好轉。

看了眼自己厭惡的青年，小茆哼哼了兩聲：「泰坦是比月神還要好相處啦，但是要泰坦出手很難的，你還不如回去找我媽。」

「泰坦是怎樣的人啊？」既然都說到另外一個處刑者，青鳥剛剛死灰的好奇心現在馬上復燃了起來。

「雖然有點奇怪，但是人很溫和，大概就像是鄰家大哥哥、大姊姊那種感覺。」推開又要黏過來的亞爾傑，小茆想了想，「既然你們是從黑森林過來，應該也和蕾娜照過面了？」

「沒有。」青鳥搖搖頭，「是有聽到女人說話，可是什麼都沒看到耶。」倒是白鹿出現很多，他還是第一次看見眞的白鹿，近年來雖然有不少人要復育上一個時代的生物，但成效有限，目前許多動物都已經不存在了，白鹿則是少數成功復育的物種之一。

小茆露出恍然大悟的表情，「我就覺得奇怪，爲什麼你們看見露娜時沒有很吃驚，蕾娜與露娜是雙胞胎姊妹喔，但是蕾娜不是能力者。大概在幾年前蕾娜去了黑森林，決定跟隨泰坦之後跟我媽吵了一架，那之後我媽就很討厭泰坦了。」

「附帶一提，露娜之所以會成爲月神，就是因爲當時泰坦已經是森林之王，她不甘心才會變成處刑者。」亞爾傑親切地附上說明。

這樣說起來，的確是森林之王先出現的，月神是近兩、三年才開始有名氣沒錯。

青鳥很快地在腦袋中複習一遍處刑者的資訊，打算回去再向琥珀說這些新的八卦……雖然很破壞他的完美幻想，但是感覺上好像和英雄拉近距離了，有種就算是傳說中的處刑者也是一般人的親切感。

「看來你對處刑者眞的都很熟。」看著青年，黑梭笑了笑，隨口說道：「但你又是星區副長的兒子，如果哪天傳位之後，想要立下功勞，這些可都是你最有利的籌碼。」

走在一邊的青鳥看了看黑梭，又看了亞爾傑，也感覺到氣氛瞬間不對勁了起來。

「處刑者不信任聯盟是理所當然的事情。」當然知道對方在說什麼，亞爾傑也沒有迴避的打算，還是笑臉迎對，「但是相同地，我現在可是和處刑者通聯，如果被發現，最嚴重的罪名可是處決喔。」

因高層連連被殺，所以針對處刑者的相關條例就特別嚴苛，連合作者也同樣難逃。

「這樣好危險喔。」青鳥皺起眉。

「不過妳也是相關者啊小美人，也千萬要小心點。」亞爾傑似笑非笑地這樣告訴女裝打扮的青鳥，「只要被捉到，可是會有很多殘酷的方式逼妳說實話喔。」

九成八就是吊起來抽、灌毒灌藥灌水灌油、電擊或割皮挖肉拔指甲那類的逼供吧？影片看很多，青鳥當然也知道一旦被抓到，一定會被逼問各種事情，問不出來還會嚴刑逼供……糟糕，他居然還眞有點好奇實際上會怎樣。

「不要嚇小孩了，旅館到了。」看著已經在不遠處的建築物，黑梭停下腳步，「既然對聯盟還有疑慮，你也不要跟我們進去比較好。」反正對方自己都挑明了，他也就說得很直接。

亞爾傑有點遺憾地垂下肩膀，可憐兮兮地看著小茆。

「我要跟青鳥一起住，反正露娜把我的房間也砸壞了，本來就要出來的。」抱緊了青鳥的手，小茆露出燦爛可愛的笑容，「哪，我們一起睡吧。」

「不，我──」一起睡會出事的！青鳥驚恐地望向黑梭，「我跟黑梭一……」

轟地聲巨響，旁邊的圍牆被打出了一個凹洞，還舉著凶「手」的小茆露出甜美微笑：「什麼？黑梭要跟兔俠一起睡嗎？」

「對，黑梭和兔俠一起睡。」

青鳥一秒屈服了。

□

現在到底要怎麼辦啊！

打發了亞爾傑之後，黑梭用化名和假身分訂了兩間房，以憐憫的目光看著青鳥被小茆拖進洞房……不是，拖進房間裡。

在偌大的粉紅色房間中打了滾之後，喜歡可愛東西的小茆就蹦蹦跳跳跑去洗澡了，不時還可以在浴室外聽見歌聲。

相較於裡頭洗澡的優閒，整張臉都紅起來的青鳥抓著洋裝縮在角落，現在就怕小女孩剝了自己唯一的衣服……被發現自己是男的一定會比圍牆下場更淒慘！

早知道就帶琥珀一起來……早知道就不要聽從扮女裝這種餿主意啊渾蛋！什麼跟布娃娃比較搭配！現在都快跟地獄搭配了！

腦袋整個空白一片，還沒想出個解決方法時，青鳥聽見可怕的開門聲傳來，接著是滴水聲和女孩的聲音：「洗好了喔，換妳了。」

戰戰兢兢地轉過頭，青鳥差點噴出鼻血。

只圍著條浴巾的小茆大剌剌地赤腳走出來，白皙的肩膀和大腿小腿上都還有水珠，半乾的長髮披在背後，被蒸氣燙過之後，白皙的臉上出現了曖昧的粉紅顏色，看起來整個……很讓人有噴鼻血的感覺。

扣掉影片不算，這輩子完全沒看過女性穿這麼少的青鳥立刻把頭塞回去角落，「我等等洗……」

「唉呀，剛剛應該一起洗才對，浴池還滿大的，泡起來很舒服。」小茆頓了下，有種可惜的感覺，然後一邊擦著髮一邊在床邊坐下。

浴池……前天才跟兔俠泡過澡……

結果今天就差點要和月神的女兒泡了！

青鳥捂著臉，都不知道這兩天是走什麼狗屎運。難道是在天上的老師和同學們知道他最喜歡的就是處刑者，特地顯靈保佑他嗎？

但是這種保佑也太徹底，他並不想把所有的處刑者都陪洗一次啊，太可怕了——老師和同學在上，請快點讓洗澡退散吧。

「妳應該沒有帶衣服吧，看妳沒行李的，所以剛剛離開家裡時我多帶了套衣服給妳換洗，還有很可愛的睡衣呦。」看著在角落發抖的美少女，小茆很高興地打開自己的背包，接著從裡面抽出一件白色的蕾絲小睡衣，那種有點半透明質感的。

看見睡衣時青鳥眼神都死了，這個穿下去應該什麼都看光了，到底爲什麼小茆會拿這種活像情趣睡衣的東西要給他穿呢？

「……有不透明的嗎？」他打死都不可能穿這種睡衣，還不如現在打開窗跳下去。

「嘖，那就這件吧。」

不知道是不是錯覺，青鳥覺得自己好像看見女孩露出明顯的惋惜神色，接著她從背包裡取出另一件不透明、而且也比較長的粉紅色蕾絲睡衣，然後再抽出一件粉藍色的蕾絲睡衣……她背包裡一大堆蕾絲睡衣究竟是怎麼回事！

拿著藍色睡衣朝青鳥比劃了下，小茆才把睡衣和一樣有蕾絲的內衣褲塞到對方手上，「這個和妳的眼睛顏色比較配，都是新的喔，可以直接穿沒關係。」接著她從背包裡拉出了一大套洋裝，掛到旁邊，「這個給妳明天換。」

……又是洋裝。

而且又是那種蓬裙的蕾絲洋裝。

青鳥現在唯一的想法就是撲上去把那套洋裝和手上的睡衣給撕成碎片，然後這輩子再也不要看見洋裝和蕾絲。

在小茆熾熱的視線下，青鳥戰戰兢兢地抱著睡衣前往浴室，看來不洗不行……糟糕！妝怎麼辦！還有頭髮，他都不知道琥珀到底是用什麼東西把他短髮接成長髮，如果一洗全部掉下來就死定了！

鎖上浴室門，確定小茆沒有在門邊偷窺之後，青鳥連忙躲到透氣窗邊使用了手腕上的儀器通訊。

幸好通訊那端的琥珀很快就連上，然後在聽完青鳥驚恐的前因後果說明之後，得到了如此冷淡的回應——

「妝是防水防油的，要用昨天給你的特殊卸妝劑才洗得掉；雖然無害，但是頂著睡覺可能還是會不太舒服。頭髮接著也是防水的，我能夠保證你可以就這樣繞著星區海域游一圈都不會掉，唯一沒辦法處理的是你下面，睡覺時請好自爲之，不要像平常一樣滾來滾去。」

中斷通訊之後，青鳥覺得好像有點鬆口氣，但是又覺得心情更複雜了。

如果有辦法處理，你眞的想過把我下面也怎樣嗎……琥珀……

不敢去想會變怎樣，青鳥脫掉沉重衣物之後，就跳進冒著蒸氣的浴池裡放起空來。

好想長高喔。

到底爲什麼他會長不大呢？

「唉……」

半張臉都埋進熱水裡，青鳥又開始自我鄙棄了起來。

第八話▼▼▼聯盟的部隊

「青鳥！」

「哇啊啊啊——」

猛地轟一聲，在浴室門飛過來同時青鳥也大叫出來，第一個反應就是先抓住浴巾遮身體。

身上穿著簡單的短裙衣物，小茆直接殺進來，然後一把抓住他的手腕，「商店街那邊有強盜，我要過去看看。」

「我我我——」我沒有要一起過去啊！

看著小茆很明顯是「我們」要過去看看的動作，青鳥連忙用一隻手包好浴巾，「先等等讓我換衣服啦！」

接著一套白色洋裝直接丟到他臉上，完全沒打算避開的小茆眨著大眼睛直勾勾地盯著他，一臉渴望地開口：「快換。」

「麻煩請妳轉過去……」

原來女生們相處都是這樣嗎？可以無視人家洗澡踹門看裸體，連換衣服都可以盯著不放嗎？

青鳥驚恐地快速套著衣褲。

好不容易綁好繫帶之後，才鬆了口氣。

「是說，有強盜的話，不是應該是月神出面處理嗎？」看著小茆打開了房間窗戶，還打開電視，青鳥有點疑惑。

「如果全都靠露娜的話，月神就不可能存在了。」露出淡淡的笑，小茆拉開了窗簾，讓房內可以清楚看見月亮，「今天有月亮，剛好，那麼就給妳看看我的眞正能力，外人沒有辦法看見的喔。」

眞正的能力？

青鳥還以爲她的能力就是跟露娜一樣力氣超級大。

不過如果只有單純力量的話，那綽號叫月神就有點怪異了，應該要叫大力神才對。

露出期待的目光，青鳥在女孩指示下稍微往後退開幾步，接著看見小茆微微閉上眼睛，貼在身側的兩手緩緩向上抬舉，下一秒，包裹著白色衣服的身軀開始發出微弱的淡金色亮光，那種淡光在出現之後立刻蔓延到全身。

青鳥目瞪口呆地看著女孩金棕色的髮開始減褪顏色且增長到腳踝，接著取而代之的是月光般的溫柔淡金色，皮膚也更加白皙，緩慢睜開的眼也變成一樣銀金的美麗顏色。

環繞在女孩身邊的光沒有退掉，就這樣不斷發著微光，眞的就像月亮一般。

很美，眞的非常美麗。

即使只是個女孩，卻也散發出那種孤高在上、寂靜而淨潔的美。

青鳥終於知道爲什麼月神會被叫作月神了，看來露娜釋放能力的時候應該也是一樣，眞的是非常優美的能力者。

「來吧。」走到窗邊，「月神」朝他伸出手。

看著虛幻到不像人的女孩，青鳥腦袋裡也空白成一片，完全沒有任何遲疑，就傻傻地伸出自己的手，任由女孩握著，一起離開了窗戶和房間。

直到飄浮在空中時，青鳥才發現女孩居然有離開地面的能力。

實施宵禁的夜晚街道非常空曠，遠遠只能看見下方有巡街隊伍的燈光，與先前人來人往相差很多，就連遠處的商店街也陷入一片黑暗，冷冷清清。

但是這麼黑，月神的光反而很明顯。

「不用擔心，我們的特殊能力中有幻覺催眠作爲防護，一般人就算看見也不會記得。」抬起手，發著光的月神手中散出點點亮光，散在民居上順著風吹進窗戶裡，沒多久，青鳥就看見一般人們竟然開始準備就寢，一戶接著一戶熄了燈，街道用很快的方式陷入沉睡。

這就是能力者的力量嗎？

只有反應和速度快的青鳥不免羨慕起來，他第一次看見這麼強大的能力，當初看到兔俠超強的武打功夫也是整個敬佩，但是月神這種壓倒性的控制能力卻讓人感到可怕。

難怪有些人可以成爲處刑者，有些人就算有能力，也只能像普通人一樣過完一生。

青鳥突然覺得自己妄想成爲處刑者實在是太過自大了，在這種眞正能力高強的處刑者面前，他眞的和小孩沒兩樣。

同時他也知道，爲什麼聯盟會這麼害怕處刑者了。前世代最後的戰役中，幾乎是能力者顚覆世界，謹記著不遠的教訓，聯盟軍無論如何都不想再讓這些強悍的遺傳改造後代再度顯現力量吧。

他眞的很渺小，比較起來，他的能力完全不算什麼。

「看看，在那邊。」月神指向黑暗的商店街，青鳥也跟著看過去，但是因爲太黑了，幾乎看不見任何東西。

「……我晚上視力不太好。」青鳥尷尬地開口，他只要完全黑暗就連路都看不見。

月神笑了下，拉著他往商店街的空域接近。

花了點時間靠近時，青鳥立即聽到許多跑步和說話的聲音，雖然很細微，但是他聽起來卻很清楚，一共有三群人，一群在某家店裡、包圍著比較少發出啜泣聲響的一群，另外一群則是在店家外，數量很多，而且聽聲音好像經過訓練般，非常整齊一致。

從這些聲音和看過的影片，他可以判斷裡面的應該是趁宵禁時想搶劫商店街的團體……不知道是不是能力者就是，外面的大概就是聯盟的部隊，發現求救之後正在包圍。

更靠近之後，青鳥發現有股濃到化不開的血味。

「已經對一般人下手了嗎？」月神抱著青鳥，慢慢地在屋頂上方的位置下降。

就算月神發著光，就近在下方的黑色聯盟部隊也都沒反應，看來她剛剛說的是眞的，完全沒有人注意到他們，其間甚至還有幾個人抬頭看往上看，竟然也沒注意到有異狀，實在是非常不可思議。

看了一下天空和被烏雲遮去一半的月亮，月神輕聲告訴一旁的青鳥：「我們的這種完全能力只有在月亮出來時才可以使用，身體映著月亮反射下來的光才能發揮。」

原來如此，看來平常就只有那種巨大力量而已。

青鳥點點頭表示理解，「那現在……？」

「妳在這邊待一下，我潛進去制伏那些歹徒。」

「等等，既然要有月亮，潛進去不就會變回來？」室內可沒有月光可以反映。青鳥就算腦子很空，還是可以想到這點。

「嗯，不過我有經過訓練，所以一般對打完全沒問題。」月神露出微笑。

……光是那種力量應該就沒問題了吧。

青鳥默了下，表示理解。

張開手，月神吹動了微光，讓光順著風鑽進屋子後，她眨眨眼睛，就從後頭的通風口爬進去了。

伏在屋頂上，青鳥聽著下方的動靜。

不自覺地，他也屏起呼吸，整個人緊繃了起來。

這就是他們平常做的事情嗎？

□

「青鳥！」

抖了一下，青鳥在聽見聲音的同時馬上向後一揮拳，然後落入某種軟軟的毛裡，直接被阻止了下來。

接著他才看見大白兔站在自己身後。

「大俠？」沒想到大白兔跟了上來，青鳥有點驚訝，因爲剛剛在空中時他完全沒發現跟蹤的腳步聲。

大白兔用兔掌比了個小心的動作，然後壓著他貼在屋頂上，用非常細小的聲音說道：「剛剛在下發現你們兩個出房間，但是那個女孩正在使用特殊能力，在下怕影響到你們就保持距離跟上來……原來所謂的月神處刑者是兩位嗎？」

「好像是。」抓抓臉，青鳥思考著剛剛女孩說的話，看來應該是露娜負責主要的工作，其餘一些比較小的案件是小茆……或是其他種有她們有默契的合作方式吧？

交談停止後，青鳥聽見屋裡有另一種騷動，還沒辨認是哪種，就聽到巨響傳來，一座大鐵櫃撞破了窗戶和窗框直接飛出來，接著是一身黑衣的人被砸出，撞上那座扭曲還帶血的鐵櫃。

青鳥同時也聽見屋裡傳來各種尖叫聲。

「似乎有能力者在裡面。」凝神分辨著聲音，大白兔動了下耳朵，「在下聽見疾風聲，你請先在這邊躲著，在下這就下去幫忙。」

「好。」

看著大白兔正要爬下去時，好像想到什麼事，突然拉出一塊褐色的毛皮，青鳥仔細一看才看出來是這兩天使用的偽裝熊皮。

「在下還是低調點比較好，畢竟是在別的星區中，而且在下也不想暴露行蹤。」說著，大白兔套上了熊皮，變成熊娃娃之後就爬下去了。

青鳥無言了幾秒。

其實偽裝成熊布偶也沒有低調到哪裡去，搞不好之後第六星區會傳出熊俠……到底是哪裡低調了！基本上布偶跳出來打人就不是低調了啊！

但是也不能給他人皮。

正在胡思亂想時，青鳥就聽到下面傳來震驚的吼叫聲——

「熊！怎麼會有熊！」

「哪來的熊！」

「哇啊！這熊會失傳的拳法！」

「可惡！搏擊！這是搏擊！還是高段搏擊！」

「快把這隻鬼熊給我打出去！」

看吧，果然引起騷動了。

青鳥眼神死地冷笑。

然後他聽見了更讓他絕望的固定台詞。

「**全部天誅**。」

這個絕對不是低調！完全不低調！剛剛說要低調的到底是誰啊！不要在這種時候說出兔俠的出場台詞啊！

等等一定要糾正他的台詞跟行動才行，否則僞裝成熊就沒意義了。

正在想要怎樣和大白兔溝通時，青鳥突然敏銳地感覺到有陣風從後面颼來，他一個翻身，身體用常人不可能的姿勢、速度避過不自然的聲響。

跳開一段距離，青鳥甩開礙事的大裙襬，看見不知道什麼時候上了屋頂的另一個黑衣人，與下面屋裡那些不太一樣，穿的黑衣是非常眼熟的款式。

聯盟軍的人！

青鳥愣了一下，然後再往後跳，避開對方揮來的刀鋒。

「能力者嗎？」

站在屋頂另一端的，是個相當高的男人，青鳥目測對方和黑梭差不多高，有著一頭微鬈的灰白色長髮，半張臉被蓋著，腰上繫著長長的刀鞘。

讓他最感到不妙的就是衣服上印有聯盟的部隊圖案……這個人是負責處理能力者的特殊部隊。

「等等，我們不是壞……」

「擅自在城市中作亂的能力者一律都違反律法。」打斷對方的解釋，男人將武士用的長刀指向了眼前的女孩，「即使是小女孩也一樣。」

「我沒有使用能力啊。」整個莫名奇妙，青鳥也不知對方是從哪看出他有用能力。

「別狡辯，那隻熊偶就是證明。」冰冷的聲音從男人口中傳來，接著他直接衝上前，長刀揮出差點把青鳥砍成兩半。

「熊你個蛋……」青鳥避開來，瞬間也了解對方八成把他當成了操作能力者，「那個是——」

不對！他不能出賣兔俠！

「但是我沒見過妳，難道妳是新的處刑者？」也聽見下面的騷動，男人瞇起眼睛。

「你想太多，真的，我只是偶然路過的……的……的夜間散步美少女！」含著淚，青鳥抱著必死的心吐出連自己聽了都覺得雞皮疙瘩掉滿地的話，「我什麼事情都沒有做，不過下面有強盜，你應該先去抓強盜吧，他們可是傷害了一般百姓喔！」

「聯盟的事情不用處刑者來擔心。」瞥了眼下方，男人突然吹了響哨，原本在外面的黑衣隊伍立即衝進商店街，隨著一片混亂衝突的聲音後，就開始安靜了。

陸陸續續，裡面的人質也被釋放出來。

看著下頭已經底定的狀況，青鳥也鬆了口氣，不自覺笑了一下，「太好了。」雖然最喜歡的是處刑者，但是執行任務中的聯盟隊伍也很帥氣，如果不是因爲自己的夢想是懲奸鋤惡，說不定還眞的會努力去考選聯盟隊伍呢。

「那麼就剩下妳了。」

冷冷的聲音提醒了青鳥，現在他的處境比下面那些強盜還危險。

不過馬上他就鬆了口氣，在月光下，月神和僞裝成熊的大白兔幾乎是同一時間回到屋頂上，一左一右地站在他身邊。

「月神。」看著發光的女孩，男人準確無誤地辨認出對方的身分，接著轉向了熊布偶和沒見過的生面孔，「……原來已經增加同伴了嗎？」

這當中絕對有誤會！

很想辯駁，但青鳥也不知道該怎麼說起，只好在月神一記眼神下立刻抄起大白兔，然後抓著對方，在男人還沒衝上來之前浮到空中拉開距離，幸運的是今天似乎沒有夜魅，所以他們毫無阻礙地就擺脫了對方的糾纏。

高高在上看著底下的聯盟男人，月神露出微笑，「忘卻吧……把我們行經的軌跡都遺忘。」

淡光散出，圍繞在商店街之上。

抱著布偶，青鳥看見還站在屋頂上的人露出某種堅決的目光。

「我一定會抓到妳們！」

□

「完蛋了完蛋了完蛋了——」

回到旅館後，青鳥抓著頭蹲在角落，「完蛋了——」他竟然被聯盟部隊盯上了！他沒有想把事情搞那麼大啊！

「放心喔，他應該不會記得的。」解除能力的小茆蹲在青鳥旁邊，拍拍他的頭。

「在下應該已經很低調了。」環著手，大白兔站在一邊，很認真地點了下頭，「這樣應該不會干擾到第六星區的運作和處刑者們。」

不，你已經干擾了，而且還是完全干擾。

看著那隻完全狀況外的大白兔，青鳥就想一腳踢下去。

「不過妳也被當成處刑者了呢，那要不要乾脆也想個不錯的稱呼呢？」靠到一邊抱著青鳥的手，小茆親暱地笑著：「說不定我們可以一起搭檔呦，老是自己在天空飛實在是有點無聊，如果多個伙伴就好了。」

「這個就……」

「既然無事，在下也不便久待，先回房和黑梭商議接下來的事情了。」看著粉紅色的房間，大白兔一拱手，就退出房間外。

「等等……」

居然跑了！

被丟下來的青鳥睜大眼睛看著逃逸的大白兔，本來想找藉口和對方一起出去的希望都沒了。

哀傷地看著關上的門，青鳥又黑暗地縮回角落。

坐在一旁的小茆好像沒發現他的異狀般，自動自發地準備著兩人的睡衣，然後似乎想到點什麼，說道：「啊，不過妳眞的要小心點，雖然我想他會忘記，但是那個人不是好惹的，他是聯盟專門用來處理能力者的特別部隊中的……」

「隊長嗎？」青鳥轉過頭，反射性問完之後才想起來他知道隊長的名字，之前新聞報過好幾次，而且也有播出外貌，和剛剛遇到的人完全不同。

那個灰白色頭髮的青年他完全沒見過，而且也沒印象有這個人。

「不是，他是專門對付處刑者的能力者，有聯盟合法的允許，在必要與確定對方罪行重大的狀況下，能殺掉抵抗的能力者。」小茆微微皺起眉，「是個很棘手的人，我和露娜好幾次差點被那傢伙抓住，而且還被砍傷過，是個非常強的攻擊型能力者……只知道刀術很厲害，但是沒見過他使用其他能力，所以很危險。」

聽起來好像眞的很可怕。

青鳥抖了下，如果不是因爲自己的反射能力比一般人快了好幾倍，說不定剛剛已經被劈了。

「亞爾傑打聽過，但是對付能力者的部隊長完全不肯透露那個人的來歷與底細，只知道是隊長請來的人，好像很堅持自己的什麼正義吧，要把違反律法的能力者都消除……對了，先前露娜要殺掉一個聯盟委員時，有從對方那邊聽過那個人的一些事，似乎和伊卡提安有點關係的樣子，但無法確認眞實性。」小茆聳聳肩，接著語重心長地拍著青鳥的肩膀，「妳一定要很小心這個人喔，就算他不記得我們，也絕對不要靠近他。」

「放心，我一定不會靠近的。」又不是活得不耐煩，青鳥馬上點頭。

「嗯，不過保險起見，雖然對方應該會不記得，但爲了預防萬一，明天我還是幫妳找一套不一樣的衣服吧……穿這樣雖然很好看很可愛，卻還是顯眼了些。」把玩著衣服上的蕾絲，小茆有點可惜地嘆口氣：「可惡，我很喜歡這樣說，好可愛好可愛——」

「但是大局爲重，還是換輕便點吧。」青鳥順勢說道：「不然他有殘留印象就糟糕了！」重點是有機會可以擺脫掉這身可惡的衣服，他當然一定要脫！

「是啊……」小茆露出百分之百不願意的表情。

相對女孩的心情，確定可以換衣服的青鳥整個輕鬆了起來。

「好吧，只好先睡覺再說了。」抱著青鳥，本來還想看對方穿上她精挑細選的可愛衣服，現在只能用一起睡來彌補缺憾，小茆直接把還想掙扎的人從角落拖出來，笑吟吟地將睡衣塞給他，「妳好像比較害羞，那浴室讓給妳換睡衣囉，換好快點來睡覺吧。」

關上浴室門，青鳥連想死的心情都有了。

他今天晚上想就這樣睡在浴室啊啊啊啊啊……

□

隔天一大早，青鳥頂著兩顆熊貓眼和黑梭在大廳裡會合。

昨天的熊皮已經不見了，黑梭不知道去哪裡弄來松鼠模樣的大布偶，和他外表不合、非常突兀地夾在腋下，一看到他們出現就迎上來。

「你怎麼變這樣？」看見青鳥一身輕便的女孩褲裝打扮，黑梭挑起眉，昨天被綁得很漂亮的大鬈金髮已經被紮成根辮子，完全不像洋娃娃了。

「小茆怕昨天的事情會被聯盟認出來，所以稍微改裝一下。」青鳥苦著臉解釋。

說是改裝，其實也只是沒穿那些洋裝蓬裙而已，大清早小茆就衝回自己家裡，翻來了一堆女孩子的短褲、短裙，還有大腿襪、娃娃鞋什麼的，數量繁多，看到他都不知道該表示什麼了。

雖然比洋裝好很多，但是爲什麼女孩子會有這麼多樣式的衣服啊！

他就不能直接穿個襯衫長褲嗎！

「這可是我很喜歡的衣服喔。」抱著旁邊人的手臂，小茄拉著自己身上同款式的粉色系短裙裝，心情愉悅地說著：「另外露娜說她會和阿德直接去黑森林等我們，我們就從這邊出發吧。」

於是他們又開始搭車之路。

大白兔繼續裝死當他的布偶。

黑梭依舊在前座跟駕駛聊天。

然後青鳥完全掙脫不掉抱他抱緊緊的小茄，而且路程中還要時不時防範女孩伸過來的襲胸之爪。

自從被對方得逞一次之後，不敢相信他竟然平胸的小茄還嚷著說沒關係平的也很可愛之類的，還不死心地想多摸兩把。

從來不知道女生們之間相處還會互抓胸部，青鳥閃躲幾次之後，發現女孩子眞的很可怕——之前他都以爲女生遇到喜歡的帥哥才會變可怕，琥珀驗證過這點，他就看過有女生以死相逼要琥珀當他老公或男友之類的，擄人來綁票劫色想盡辦法吃豆腐都有……

但是原來這種行爲不限於男性對女性或女性對男性，而是女生對女生也會發生的！

太微妙、眞的是太微妙了！

尤其抓他胸部的還是月神之一，這讓他打從心底更感覺到微妙，不只兔子洗澡破壞了他心中神聖的形象，現在連月神都會抓人胸部，他完美的夢想又破碎了一半……希望泰坦和伊卡提安不要這麼可怕。

靠著車窗，青鳥突然有種這個世界果然什麼事情都會發生的淡定感。

就在哀莫大於心死時，他突然瞄到極速向後退去的車窗外風景中好像出現了某個影子，整個趴過去看，只看到昨天晚上那個灰白色頭髮的青年被拋在大後方，穿的也不是黑色制服，而是比較輕便的普通便服。

那個人好像在和誰說話。

只是眨眼瞬間，青鳥就連那個影子都看不見了。

現在仔細想想，昨天晚上雖然只看見半張臉，不過那個人的年紀好像也不大，看起來應該也是二、三十歲左右的樣子，和那頭灰白色頭髮配起來倒是有點突兀。

「你在看什麼？」小茆歪著頭詢問。

「沒有，好像看到……看到有點認識的人。」想了想，青鳥含糊地帶過，「是說，阿德和露娜其實感情很好吧？」昨天打得那麼凶，正常人應該都逃了，但是看那個帥大叔拚命想解釋，這就表示他眞的把對方放在心上。

「是啊，別看露娜那樣，她其實很愛阿德，雖然因爲蕾娜的關係成爲那個，但是只要阿德有事，她都會立刻放下任何事情，以阿德爲主。」小茆冷笑了聲，「所以托露娜的福，讓我也不得不幫她收拾外面任務的爛攤子呢。」

「這樣說起來，亞爾傑也很喜歡妳。」雖然才見過一次，不過青鳥完全可以感覺得出來那個高高帥帥、和自己差不多大的青年很喜歡小茆，昨天在講話時雖然有騷擾自己，不過視線一直放在小茆身上，幾乎沒有移開過。

小茆露出一種很像踩到大便的表情，「妳不覺得他很煩嗎？」

「……還好吧？」青鳥只覺得這麼勇敢追女生很了不起，換成他還不一定辦得到！

「不說他了。」抱緊青鳥的手，小茆把臉靠過去，好奇地眨著大眼睛，「青鳥有喜歡的男生嗎？」

「有啊，像琥珀就很喜歡。」一秒想起在家的學弟，青鳥高興地告訴對方：「琥珀雖然才十六歲，但是腦袋很好已經跳級上讀，超級厲害的，每次都考第一名，而且還幫我作弊……咳、給我一些提示，讓我也可以順利通過考試和檢定。另外琥珀也會很多奇怪的事情，整個人感覺也很成熟，我們學校也很多女生喜歡他喔！」

「那個湖水綠原來這麼厲害啊？」坐在前面聽他們聊天的黑梭丟來一句，「去他家時只覺得是個很沒人緣的小孩。」

青鳥抓抓臉，「琥珀只是比較冷漠一點，不過是個很好的人，只要和他相處過一段時間就知道了。」他當初與琥珀認識時，對方也是擺臭臉，也是過了好幾個月之後才和自己混熟起來，現在還都幫他作弊呢！

而且聰明的琥珀還幫自己想了好幾種作弊方式，讓他終於可以用低空飛過的成績順利結束每學期的課程。

「聽起來妳眞的很喜歡那個人嘛。」擠在旁邊的小茆咬牙說著。

「是啊……」

不知道琥珀自己在家有沒有問題……應該是沒有吧，畢竟那是他家。

支著下頷，青鳥看著外頭的景色有點發起呆來。

第九話▼▼▼不明的襲擊

「到了。」

於是，他們終於又站在黑森林的入口。

早先到達的露娜和阿德已經在那邊等他們了，除了這對夫妻之外，遠遠地青鳥就看見有一個和露娜長得一模一樣的女性站在另外一邊，但只有臉是相同，打扮與髮型截然不同；而且女性較爲沉熟穩重的表情也和露娜不一樣，很容易就可以分辨出來。

這個應該就是蕾娜了。

在蕾娜身後還有好幾個穿著深色斗篷的人，青鳥立時認出來，那是在樹上的那些。仔細一看，那些斗篷似乎挺特殊的，稍微往陰影處一站就會融入其中，很難看得出來有人，難怪那時候他們沒發現被包圍。

等他們也到達之後，露娜擺出不大高興的表情隨便給他們介紹了一下，那女性果然就是蕾娜沒錯，後者則是黑森林泰坦一群人的管理者。

「因爲泰坦現在陷入沉睡，所以黑森林中的其他人就暫時不行動。」蕾娜淡淡地開口，聲音就和青鳥之前在一大群白鹿後聽見的一樣，「所以即使我們已探查到朱火強盜團的情報，也全按下並未插手，只是沒想到第七區的處刑者會來到這種地方。」

套著松鼠皮，大白兔一拱手，「雖然很唐突，但是在下希望可以與第六區的處刑者一起對抗朱火，以免傷害擴大。」

「……你們跟我來吧。」看了眼露娜，蕾娜朝旁邊的人下了指令之後，便領在前方直接帶路往黑森林進去。

有人帶路、進森林深處之後，青鳥才發現原來這座森林比他想像的還要深，而且走得越裡面，裡頭的樹和各種植物就越大、越奇怪，有一些根本完全沒有看過，有的還纏繞在一起，形成非常奇怪的樣子，看起來很像直通天際、活生生會動的某種生命體。

「第六星區的森林植物都這樣嗎？」走在一邊的松鼠皮大白兔左右張望著，「在下所在的第七星區雖然也有不少森林，但是都是近代生成，雖然有莉絲的關係長得很快，卻沒有第六星區如此壯觀。」這裡的植物簡直就像是記載上那種千年古物，讓他看得嘖嘖稱奇。

「這是泰坦的關係。」蕾娜給了他一個奇怪的回覆。

行走時，青鳥看見不少白鹿在樹林中走動，似乎這座黑森林的特產動物就是白鹿，其他的動物則偏少。

「是說，剛剛你們說有探查到朱火強盜團的情報，是指撞到我們學校的事情嗎？」看樣子好像還要再走一段路，青鳥就好奇地發問了。

「不，在你們學校被撞毀之後，我們有派人潛入探查。泰坦這邊的人數較多，我們有自己的分派任務和組合方式，會在星區各處蒐集情報與違法事跡，然後才動手……實際上，大多數都是我們，泰坦幾乎不會主動出手奪取性命。」似乎也不介意回答這些事情，蕾娜解釋著。

「咦？所以森林之王其實是你們組織成的？處刑者也不是泰坦？」錯愕了一下，沒想到這邊也有八卦好爆的青鳥倒是沒有之前那麼震驚了。應該說前面被嚇好幾次，現在這種好像就比較沒有那麼讓人驚嚇了。

「是的，泰坦原本就沒有打算成爲處刑者，甚至前幾年有打算成爲自由行者，荒地之風也很歡迎他前往。但是爲了庇護我們不受迫害，才留在黑森林中，使用他的能力保護所有人躲避聯盟和各種危險。」蕾娜看著青鳥的神色變得比較溫和，也沒之前和露娜相對的不善神色。「森林之王是我們對他的稱呼，但是不知道什麼時候開始，聯盟公告就變成處刑者森林之王了。」

「原來如此。」雖然有點失望不是泰坦而是一個組織，但是青鳥也很樂意接受這類型的處刑者。應該說他的影片中有各式各樣的英雄，不管是一個人或是好幾個人，只要擁有一樣的熱血和目標，就通通都是同伴，只要有心，必定人人都是處刑者。

「那個死縮頭烏龜！明明被叫作處刑者但是都不動手，讓人看了滿肚子火！」握著拳頭，露娜臉上浮起青筋，「更可惡的是蕾娜居然還被他那種騙人的組織拐去！這根本是不合格的處刑者！根本不如我的月神！」

「妳的月神如果不是因爲有小茆幫忙，根本也是個失敗的破壞神吧。」蕾娜冷笑了聲，用一模一樣的臉看著自己的雙生姊妹，「我們的調查發現只要是妳出現，處刑都很容易出問題，還不是小茆和阿德在收尾。」

「妳——」

「露娜、蕾娜，不要吵架了。」介入兩姊妹之間的阿德苦笑地開口：「眼前要先處理掉朱火強盜團的事情吧，這種存在出現在第六區實在是很危險。」

雙生姊妹各自發出哼地聲，一左一右別開頭。

「看來森林之王這邊的運作模式和我們比較像。」走在後方的黑梭在吵嘴告一段落後，笑笑地看了眼下方的大白兔，「我們兔俠也是幾個人，各自有不同的專長支援，得到確定的情報與擬定計畫後，由兔俠和我執行處決。」

「這樣說起來，露娜也是有小茆和阿德支援著，根據我們所知，併名的處刑者中只有伊卡提安是獨來獨往。」蕾娜聳聳肩，「先不管他了。根據我們派出去的人傳回情報，發現朱火強盜團似乎想回收那個飛行器的殘骸。正確地說，飛行器上似乎有什麼讓他們想要去取走。這兩天下來，已經發現朱火的人好幾次接近學校和飛行器，但是因為聯盟的守備太過森嚴，所以才沒有得手。」

「有確切的目標嗎？」黑梭皺起眉，和大白兔互看一眼，「我們會追蹤朱火和這艘飛行器也是因爲發現他們似乎將什麼東西運載上去，動作太過明顯，才會被我們攔截。」

蕾娜搖搖頭，「這倒不知道，只曉得他們想要帶走某樣東西，因爲聯盟布置了不少特別能力者顧守，所以連我們的人也很難靠近。」

黑梭與大白兔同時陷入沉默。

□

這些處刑者們講的事情眞的都滿複雜的。

從頭聽到尾的青鳥抓抓頭，開始覺得果然應該要帶琥珀出來才對，雖然可以大致知道他們在講什麼，但是卻還是不太清楚那些強盜團的目的。

可以確定的是飛行器砸在學校上不是巧合，他們從第七星區衝進第六星區也不是無意的，在得到同夥接應之後他們馬上就在第六星區裡面亂走，而且還囂張到大白天冒出來砍人、抓人，這是爲什麼？

眞難懂。

「到了，就是這邊。」越過一層藤蔓簾後，蕾娜帶著所有人鑽過了幾個大大小小的樹洞和守備關卡，最後進到了森林最深處。

第一次來到森林這麼裡面，青鳥在看見內層的巨大樹木群之後驚訝了。

蕾娜帶著他們進入的最後地點是一處斷崖，斷崖的對面全部都是百層樓高的巨樹林，抬頭看不見樹的頂端、只能隱約看見被枝葉掩去的天空；低頭也看不見根底，瀰漫的冰冷霧氣徹底覆蓋了幾十樓高的崖底，站在這邊就只看見濛濛的白霧，間時可以看見好像有什麼長型的生物在霧上翻轉飛翔。

這根本就是古代樹群！

瞠目結舌地看著眼前所有一切，如果今天不是自己親眼所見，青鳥根本不相信世界上還會有這種地方。

同樣也被震撼到的黑梭與大白兔久久講不出話來。

來過幾次的露娜等人倒就沒有他們那麼驚愣了。

「我們的據點就在那裡面。」指著無頂無底的巨樹群，蕾娜吹了記響哨，接著在下面飛的長型生物開始緩緩向上翻飛過來。

飛上來的生物也是青鳥從來沒見過的，那是種長得很像蛇，但是又有許多堅硬鱗甲，沒有翅膀卻可以在空中翻飛飄浮的奇怪東西，體積非常龐大，都快和一棟普通平房差不多大小了，長度也很驚人。

「這個也是能力者嗎？」因爲沒見過，青鳥只能猜測大概是某種像黑梭一樣會變化的能力者吧。

「不，如你所見，這是種生物，好像原本就會這樣飛，但是活動範圍只限這種森林古木和霧氣中，一離開這個區域就很容易死亡。」蕾娜撫摸著鱗甲蛇的身體，然後直接跳上去，「我們都叫這種生物爲蚝，野生的蚝會吃人和動物、且有地域性，放置不管是非常好的外圍保護者。馴養過後的則成爲我們來往的橋梁，請上來吧。」

疑惑地看著長條狀生物，學校裡根本沒教過有這種東西的存在，青鳥也不知道到底牢不牢靠，但是都已經走到這邊了，當然就不能回去。

於是他選擇跳上那條東西，繼續讓小茆抱著自己的手臂，讓蕾娜驅動蚝往巨樹林裡飛去。

繞進巨樹林之後，沒多久青鳥就看見藏在裡面的居住處。

那是個看起來很原始、也很稀奇的地方。木造的建築物倚著巨樹的枝幹而建，粗大的分枝就是道路，人砌的木梯銜接著通行，幾乎就像是好幾百世紀前古老童話裡森林小精靈的住所。

蕾娜領著他們進到建築區的最中心點，是個巨大空樹洞，看起來原來應該是天然空洞，之後加以改建而成。近看後才發現，這棵樹遠比其他的還要大，而且周圍爬滿了不少藤蔓花果，長得特別不同。

讓蚝在樹洞大廳前端停下後，蕾娜轉過頭看著青鳥等人：「你們請先在這邊稍等一下吧，請露娜和阿德進去幫泰坦解開沉睡。」

「你們可以慢慢來沒關係。」抱住青鳥的手，小茆愉快地笑：「我可以幫他們介紹。」

「這裡不是名勝景觀。」蕾娜沒好氣地說著，然後領著人離開了樹洞大廳。

同樣被留下來的黑梭和大白兔在大廳好奇走動，「在下還眞是第一次看見這樣的地方，第六區眞令人驚訝啊。」

「實際上也只有泰坦的住處是這樣啊。」看著不見底的下方，小茆笑笑地說著：「未開發區只有這一帶的樹是這種樣子，那是因爲泰坦從小到大培育這些樹群，所以聯盟即使知道泰坦可能在這個地方，也搜不到，光是過來就幾乎不可能了，夜魅要進來也會被保護的蚝攻擊，遠比我們都還要安全。」

「看起來的確如此。」大白兔也跟著往下看，「有飛行力量的能力者並不多，如果連夜魅都能抵擋，那眞的很安全。」

「對吧，所以如果哪一天青鳥眞的加入我們了，要躲追捕也可以躲到這邊來喔。」

被抱得全身僵硬的青鳥沉默了三秒。今天以前他最大的心願的確就是當處刑者，但是現在被小茆這樣一講，他的決心莫名奇妙有了動搖……應該說這幾天和這些處刑者相處下來之後，他內心處刑者的雄壯形象已經破碎得七七八八了。

有點麻木地點點頭應和，他就讓小茆去纏大白……大松鼠了，自己先到樹洞邊邊坐下，看著深不見底的巨樹林，然後打開通訊器聯繫上在家的琥珀。

「在這邊要加入這個才行。」看他在撥弄隨身儀器，一旁的守衛走過來，給了他一組數據複製到通訊裡，「黑森林有干擾波，沒有附加特殊訊號無法使用通聯，你加入數據之後，會自動更改與記錄你的身分，藉以成爲我們的安全辨認。」

「原來如此。」剛剛的確打不通的青鳥，這次很快就連上在星區另一端的學弟了。

「……學長？」

「我們已經進到黑森林裡面，可以看到泰……」

「請等等。」

在青鳥正打算嘿嘿嘿地炫耀一番時，不知道爲什麼通訊那端的琥珀突然打斷他的話，還傳來一些似乎是正在移動的聲響，過了幾秒之後才停下來。

「我父母回來了，而且盧林學長也在我家。」

「盧林？他去你家幹嘛？」聽到意外的名字，青鳥有點疑惑地抓抓臉，那天知道盧林有得救……因爲他很快就逃了，但是他會去找琥珀還眞出乎意料之外，盧林因爲名次的關係一直不太喜歡琥珀。

「教授們在統計生還的學生數量……之後要併到另外一邊的學校上課……然後……所以說……」

「收訊好像有點不好。」聽著開始變得殘破不全的通訊，青鳥疑惑地看向旁邊剛剛幫他加入數據的衛兵，後者也有點不解地走過來翻看了一下，搖搖頭表示不是他們安全機制的問題。

「空氣中好像有奇怪的味道？」

就在衛兵叫來了同伴要檢視通訊問題時，青鳥突然聽見了清晰且帶著疑惑的自問語，還沒能理解是什麼意思，他便聽見了從通訊那端傳來一種極爲細小，但瞬間就引起他注意的轟轟聲響。

那個聲音應該距離琥珀很遠，卻用非常快的速度持續逼近。

「琥珀！你快點找地方躲起來！」不曉得爲什麼，青鳥突然感到極度強烈的不安，那個聲音的速度太快了，根本不是一般動力車或動物會有的速度。

不知不覺，發現異狀的大白兔和黑梭、小茆也都靠過來，知道不對勁的衛兵叫來好幾個人，想要保持通訊。

但是就在轟轟巨響轉大時，通訊突然中斷了。

不是被琥珀關掉，而是突然消失，連停止傳送的預備秒都沒出現。

「這是強迫中斷傳訊。」被叫來的幾個人中有個似乎是技師，把自己的儀器靠近青鳥的開始做分析，確定連不上線之後就搖頭，「如果不是儀器損壞，就是有人攔截訊號，原理和黑森林的隔絕方式類似。」

青鳥猛地站起身。

他的不安擴大了。

□

「你們看看這個。」

就在青鳥完全無法聯繫上琥珀時，衛兵們突然吵嚷了起來，一轉頭才發現黑森林裡那些穿著斗篷的人們打開了一個頗大的視訊儀器，上面正在放映新聞。

大廳很快就安靜下來了。

我們收到最新的快報，日前遭不明飛行機械炸毀的星華學院今日再度出現強烈爆炸，引起了莉絲大規模爆炸，據報似乎是有人放置爆裂物，附近居民已經緊急撤離。

聯盟已派出緊急處理隊伍與能力者隊伍壓制莉絲。

另外，除了學院之外，也同時出現幾起爆炸案，目前已將影響區域封鎖，我們正近一步……咦？無法與區域聯繫？怎麼回事？

總、總之，目前第六區聯盟發布警戒令，請居民避開標註的紅色區域。

青鳥瞠大眼睛，看著極速染成紅色的區域包括了剛剛才通聯的琥珀的家。

「難道又是朱火搞的鬼嗎？」黑梭皺起眉，轉向了一旁的衛兵，「請問能夠先讓我們離開嗎？」不能這樣放著那些強盜不管，他們會引發這種大規模爆炸一定有問題，不只學校，連住宅區都被波及，只希望現在急趕過去可以來得及追上。

「當然可以。」衛兵點點頭，讓幾個人重新把虼帶過來。

「你們等等。」

就在青鳥焦急地打算和大白兔他們先回去時，蕾娜走出來，「黑森林到那邊，就算是最快的動力車也要幾個小時，請用我們的方式過去吧。」

「泰坦醒了嗎？」小茆拉著要爬到虼上的青鳥，轉回頭。

「醒了，但是力量還沒完全恢復，正在和阿德聊天，也知道爆炸的事情，所以要你們使用他的騎獸過去。」蕾娜招來剛剛的衛兵，低聲講了幾句話之後，衛兵就先跑開了。

「騎獸？」大白兔和黑梭相對了一眼。

「就算是最快的騎獸也沒辦法在三小時內走那麼多路趕回去啊。」青鳥有點火氣，早知道會這樣就不來了。他只是貪看處刑者們，很想實現自己的理想，但是如果他沒有跟來，這時候留在琥珀家一定可以保護他……最起碼都可以帶著琥珀逃走。

有瞬間，他又想起學校裡那些在黑紫霧和火焰裡的屍體。

如果莉絲擴大爆炸，就不是只有學生和老師了，而是整個居住區、那麼多的人。

「所以泰坦不要你們走陸路。」並沒有把青鳥的失禮看在眼中，蕾娜抬抬下巴，示意他們看向樹洞外，「你們應該走空路。」

回過頭，青鳥看見一條非常巨大的東西出現在樹洞外。

那是種比蚯還要大上好幾倍、在書籍上像是長龍一般的銀白帶點綠色的長型鱗甲生物，說是生物，但是似乎又有植物的藤蔓與枝葉，和蚯一樣完全沒有翅膀，不知道是用什麼方式飄浮在空中。

他根本沒看過這種活物，應該說如果有這種東西，早就造成星區各種轟動了，而且要是有這麼巨大的飛獸，交通上根本不會有問題，連海域能夠橫跨了。

「這是泰坦培育的騎獸，從這邊到紅色區域應該不必花到一小時，但是牠只能送你們到無人的區域，送到之後立刻就會返回。」蕾娜拿出一個木哨，交給換好服裝的衛兵，低聲說道：「天風不能離開泰坦太久，盡快回來。」

「知道。」衛兵接過木哨，俐落地翻跳上銀綠色的大型飛獸。

蕾娜轉回看向幾個人，「你們快去吧，他們也幫你們準備好防具了，既然莉絲爆炸，那麼區域肯定很危險，請務必要特別小心。」

「謝謝。」看著大型飛獸，青鳥連忙向對方道謝，接著在衛兵幫忙下也跳上巨大的飛獸。

上去後，發現這個銀綠色的生物比自己想像的還要巨大，說不定搭乘一、二十個人都不是問題，帶著好幾條綠線的尾巴拉了有幾十尺長，身體的寬度也足夠讓人小跑一圈。

像這種生物才是巨樹林的眞正住民吧。

不知道爲什麼，青鳥就有這種感覺。

隨著大白兔和黑梭也跳上來，他發現居然連小茆都跟著上來了。

「我和你們一起過去。」擠到青鳥旁邊，小茆抱著他的手，笑嘻嘻地說：「好歹我也是月神之一，如果是強盜團，肯定能夠幫上很多忙。」

這樣說好像也是。

青鳥看也甩不掉人，只好不管了。

「天風速度很快，你們最好小心。」坐在最前面的衛兵拉下防風鏡，對後面一堆訪客笑了下，然後喞起木笛。

還在思考衛兵的話是什麼意思，青鳥突然感到整個人飄起來，根本還沒反應過來，飛獸已像是箭一樣瞬間飛射出去，幾個竄動直直朝上飛出了巨樹林，快到他還沒眨過眼。

第一個回魂的黑梭抓住差點滾出去的大松鼠，然後按著布偶貼在奇怪的大生物身上才沒被強風颳走。

已經知道會這樣的小茆也抱著青鳥，還很愉快地抱緊緊外加摸兩把。

「雖然摸起來硬硬的感覺有點哀傷，不過幸好妳還小，長大後胸部還有成長空間。」

青鳥再度眼神死了。

□

飛獸的速度非常快。

就像蕾娜說的，不到一個小時，青鳥就已經看見飄著黑紫色霧氣的區域。

驅使飛獸的衛兵讓飛獸飛得很高，直接藏在雲裡，銀白帶綠的身體奇妙地折射了光，居然和四周的景色變得很相像，不仔細看還不會發現有東西。

不久之後，他們就在琥珀住處附近的山腰降下。

「就送到這邊了，你們自己要小心點。」把防具分送給所有人之後，衛兵摸摸飛獸說道：「我們也有人在這一帶，我會聯繫其他人適時地幫助。」

「非常感謝。」大白兔拱起手，送走了飛獸。

看著銀綠飛獸再度消失在雲裡，黑梭才收回視線，「沒想到會在第六區看見這種神奇的生物，這次莫名奇妙被甩過來也算大開眼界了，我還以為只有第七區才會有一堆亂七八糟的事情。」

「快點走吧。」沒有之前那種興奮感，現在滿心只有學弟安全的青鳥打開防具，也不等其他人，就用自己最快的速度往更上方的木屋跑。

「等我一下啦。」小茆也跟著跑上去。

看著兩個小的一前一後衝了，黑梭抓抓臉，「我們也衝嗎？」他看著旁邊的大松鼠。

「在下總認爲不太對勁，在下先去學院那邊，飛行器上還有東西，你保護幾個小朋友的安全。」大白兔看著另一端，說道。

「……那邊有第六區的處刑者跟著應該不會有什麼事情，你這樣自己在路上跑，才比較有問題吧。」黑梭看著一旁的大松鼠布偶，「他們的主力一定在學院裡，我們本來就是爲了這件事來的，一起去解決吧。」

「也是。」轉過頭，大白兔深深地看著山上一大片樹林，「希望他們可以順利脫逃，在下眞想誠實地告訴他們這些無辜捲入者、那些眞實的事情。」

「他們還太小了，如果眞的要當處刑者，都會有再相見的一天。」黑梭拎起大松鼠布偶，「走吧，去做我們應該做的事。」

「嗯。」

□

先離開的青鳥沒有留意誰跟上來。

他只是用盡全力跑著，跑過蜿蜒的山路然後跳高衝進樹道，在最短的時間裡衝入樹林區。

雖然莉絲也在這區爆炸，不過大概是因爲山區的關係，毒霧蔓延得並沒有下方的住宅區快，紫黑色的霧氣還很淡，但也因爲這樣，聯盟的人主要都在處理下方人們群居之處，外圍散居只能留到最後處理。

自己與對方最後通聯時間是四十分鐘前，那時候琥珀的確說了他父母在家，還有盧林也在家裡，這樣算起來一共有四個人。

跳過最後一株樹後，他看見木屋就在眼前。

才離開不到兩天，木屋的感覺就變了，除了環繞著淡淡紫黑色霧氣外，青鳥還心驚地看見屋子有被闖入的跡象，不只外面的鎖被破壞，連門都被打破了一個大洞，窗戶之類的大多也都受損了，木梯也壞了好幾階。

「琥珀！」

也顧不得裡面有沒有危險，青鳥一個竄身就衝進黑暗的房子裡。

屋裡比外面看見的還要更亂，出門前整齊清潔的樣子已經全沒了，櫃子什麼的全被破壞，昂貴的書籍掉滿一地，上面還有不少未乾涸的血跡與腳印，桌椅早就破碎得看不出原樣，之前幫大白兔蒸乾的乾燥器也被破壞了，還不斷冒出火花，燃燒著空氣發出紫黑色的毒物。

樓上樓下所有房間都衝跑過一圈，青鳥卻沒有看到任何人，只有找到不少血跡與被砸毀的家具，看得出來好像曾發生過激烈的打鬥。

琥珀雖然受過校園的正規武術訓練，但並沒有特別強，而且也不是能力者，不可能會打成這樣。可能是他的父母和當時在場的盧林動手的……這樣看起來，入侵者不在少數，而且來得很突然，連防盜儀器都沒來得及開啓。

焦急地又翻找了一遍，青鳥發現血跡全都集中在一樓，牆壁上也有不少噴濺的血痕和血手印，看起來人是朝後門離開的，但是後門外的樹林區卻沒有離開的痕跡，只看到一部可能是琥珀父母開回來的動力車翻倒在一邊。

「妳也跑太快。」好不容易才追上來的小茆在晚了近十分鐘之後，氣喘吁吁地靠在大門邊，「嚇死人了，第一次看到這種速度，搞不好比夜魅還要快很多。」

「琥珀他們都不見了。」看著一樣被打壞的後門，青鳥握緊拳頭，仔細地想聽卻什麼也聽不見，連一點聲響都沒有。

入侵者在襲擊了這裡之後，很快就離開了，數量非常多，像是雷電般閃過。

爲什麼會突然闖進來？

這四十五分鐘的時間到底發生了什麼事情？

他不明白爲什麼闖入者會連樓上的房間也全都砸掉，他們到底是來幹什麼的？

青鳥一點頭緒都沒有。

第十話▼▼▼交手

「奇怪，這裡的訊號也全被屏蔽了，看來是大規模的遮斷。」

青鳥回過頭，看見小茆正在嘗試使用通聯，但是完全無法接通。

那時候琥珀應該也是突然遇到這種情況吧？

如果自己不要跟去黑森林就好了，如果當時自己在這裡就好了，即使想當處刑者、想像那些英雄一樣，但是連周遭的人都顧不好，根本連談都不用談。

「到底在哪裡！」用力按著額頭，青鳥竭力思考著，在很多入侵者闖入的假設下，沒有屍體只有血跡，那就代表他們沒有死，很可能是逃走或是被抓走。

但是如果是逃走，就應該可以找到離開的痕跡。

他猛然想到，之前那個強盜想抓琥珀去賣的事情，這麼說，如果那些人闖進來之後發現琥珀是湖水綠，應該也會有一樣的想法。

起碼可以確定琥珀應該還沒有生命危險，但是他父母和盧林就無法確認了。

就在青鳥努力要想出點什麼時，某種怪異的轟轟地鳴從遠處傳來，在房子裡的他們也感受到那種不尋常的波動。

「地震？」

「不是。」小茆瞇起漂亮的眼睛，「爆炸，而且是大規模的爆炸，應該是在你們學校的方向。」她看著外頭非常遙遠的地方出現了小小、像是香菇般的灰黑色煙雲，然後是紫黑色的霧氣再度蔓延開來。

對照了儀器中的地圖，不偏不倚正是學院區。

「難道那些強盜眞的去搶飛行器嗎……」青鳥略一思考，馬上就轉頭衝向後門那台翻倒的動力車，用力地將車子翻回正面之後，他快速檢視，發現除了翻倒之外，車子本身幾乎完全無損，打開動力後，就開始聚集能源發動了。

「妳要去學校嗎？」跟上來的小茆快速跳上旁邊的空位。

「嗯，如果是被強盜團抓走，那現在去學校一定可以找到點什麼；如果沒有，沿路上也可以找。」青鳥回頭看了眼破損的房屋，其實心裡希望的是琥珀他們全家都已經去集中區避難了。如果是這樣就好了，白找也無所謂。

看著車上儀器，他們的運氣不錯，琥珀父母用的是非常好的高速動力車，這樣可以縮減到學校的時間，車後也還有一些沒有卸下的貨物，青鳥還沒開口，小茆已經逕自爬到後面的空間翻找起有沒有可以用的東西，「妳會開車嗎？」

「會。」畢竟已經成年，就算外表看起來很小，但是青鳥還是早早就學會基本動力車船的駕駛，也已經通過聯盟公定認可。

定位學院位置之後，青鳥將車速調至最高，鎖定位置後動力車瞬間便衝出樹林，急速成風在淡淡紫黑色霧氣中拉出了線。

因爲莉絲是最大的威脅，所以不管是什麼交通工具上都裝有防具，短時間內都可以承受莉絲侵襲。

但是也只是短時間。

在動力車衝入學院區域時，青鳥注意到車速已經開始減緩，同時在濃度加深的黑紫色霧氣當中，車體已經開始出現被腐蝕的跡象。

「這個給妳。」從後座爬到前面，小茆將一副短刀具遞給一旁的青鳥，「妳速度快，不要用長兵器比較好，但是找不到低壓槍呢，先湊合用一下。」

青鳥注意到女孩自己留著的是更短的投擲刀。

可能月神還有其他的攻擊方式，但是對方沒有主動說明，青鳥就沒有太深入詢問……雖然他覺得只要開口女孩一定會告訴他。

比起自己最愛的英雄就在旁邊，現在有種不安的壓力壓在心裡，一點也高興不起來。

「……琥珀說他以前被抓過好幾次，其中一次被關在地下室整整一個月。」不知不覺，青鳥開了口：「因為湖水綠很值錢，強盜想把他運到別的星區去販售，但是那時候出航抓得很嚴，暫時無法離開。他們怕他吃飽有力氣會逃走或大叫，每天只給他一口的麵包和水維持生命，就這樣在根本不知道時間的地方待了一個月。」

他是和琥珀認識很久之後，好不容易獲取對方信任，才開始聽到學弟自己講出這些事情，很多時候都是幾句帶過，但是他聽了也很難過。

他學弟才十六歲，卻有那麼多壞人盯上他。

小茆看著青鳥，然後伸出手一下一下慢慢撫著柔軟的金色頭髮，「沒事的、沒事的，出現這種騷動，聯盟和處刑者都不會置之不理，現在一定已經有最近的處刑者在現場周旋了，聯盟軍隊也不是笨蛋，所以一定會沒事的。」

似乎真的有什麼奇異的安撫力量，青鳥只覺得在女孩柔柔軟軟的聲音下，本來極度不安的心情也開始慢慢平靜，在終於可以看見殘破不堪的學院遠景時，他也鎮定下來了。

經歷了不明的巨大爆炸後，學院區整個被濃濃的紫黑色霧氣包裹覆蓋著，濃度比學院被飛行器打到那天還要重，周圍其他建築物基本上都呈現了被腐蝕的破壞狀，就連塗有強力保護塗料的房舍也不例外，塗料被毒素浸染破壞之後，底下的建築也無法倖免。

「這是極高危險濃度。」小茆看著猛然停下的動力車，車殼基本上已經全部被毒素腐蝕，露出裝載在內的各種零件，「泰坦給我們的防具是他們組織自行研發的，比現在可見的防具還要好上好幾倍，但是在這種濃度中應該也承受不久。」

青鳥看著手上的罕見防具，「大概可以撐多久時間？」他還真沒有遇過這種狀況。剛剛在外圍時他們是有看到聯盟軍隊已經開始壓制這個區域，也拉開了控制防線——他們是繞過沒人的地方闖進來的，只是沒想到裡面遠比外面看到的還要嚴重。

「我也不曉得，如果只是一般莉絲爆炸，用上半天都不是問題。但是現在，聯盟在外面壓制毒氣，他們會開始將所有毒氣壓縮集中，等到完全控制之後再開始處理；這就表示這裡面的毒霧會越來越濃，防具說不定只能支持不到半小時。」小茆拋了另一個普通型的防具給對方，「總之，泰坦的防具一被破壞之後，馬上逃，妳的速度應該可以在第二防具被破壞之前脫離。」

「妳呢？」青鳥有點擔心地看著女孩。

「放心，好歹我也是月神之一，我連警備森嚴的聯盟軍部都能來去自如，這種地方不算什麼，所以妳也不用等我，該脫離時馬上脫離，不要浪費時間。」在瞬間已經變成月神的小茆露出認眞嚴肅的表情，讓她原本還有點稚嫩的面孔瞬間成熟許多。「這是非常危險的狀況，我們分頭搜索，妳不是處刑者，有很多事情妳不知道該怎麼解決，不要去碰任何妳不該碰的事情，如果眞的碰上強盜團也不要和他們正面相撞，最好是迴避逃離，剩下的事情我或者已經在這裡面的處刑者都會做。妳的任務只有搜索一圈，之後馬上脫離，知道嗎？」

對方太過於認眞，感受到處刑者特有魄力的青鳥也不自覺地點了頭，完全不敢反駁。

在確認過各自的路線之後，青鳥和小茆打開了車門……實際上只是一推，從外被腐蝕的車門早就只剩個形，受力之後整個粉碎了。

沒再講什麼，抓緊時間，青鳥就用最快的速度衝進濃霧中。

□

天空很灰暗。

紫黑色的霧氣擴散開來覆蓋了整個學院區，抬頭也看不見任何陽光。街道被襲擊之後，城市緊急照明啓動，那些照明器具一般都有保護措施，才能夠在這種黑暗裡繼續提供光亮。也因爲如此，青鳥才可以分辨道路順利地回到自己曾經最熟悉的學校裡。

遠遠的就可以看見學院受到爆炸的衝擊，基本上建築物與宿舍已經全完不存在了，只剩下一些斷倒的鋼筋骨架，周圍的民家、他和琥珀去吃飯的餐廳也全都沒了，在黑霧中殘存的是無法住人的整片廢墟；一些沒來得及躲過爆炸或毒氣的屍體散倒在周圍，也沒辦法立即處理。

看著那些已經潰爛到不成人形的屍體，青鳥壓下想吐的感覺，這種場景又讓他想起了前兩天在學校發生的事情，他正努力不要讓自己一直想起那天的事。

深深地吸了口氣，青鳥直接衝進學院範圍。

移動時，他看見了零散的兩、三個聯盟軍，看來應該也都是能力者，戴著高階防具正在學校四周搜索，不曉得是在找活口還是強盜。

避開了可能會把他轟出去的聯盟軍，青鳥循著上次潛進教學大樓的地下通道進去。他知道那些強盜的目標是飛行器，大樓被腐蝕之後，因爲莉絲爆炸，聯盟還在壓制，所以還未回收，所以他想應該到了飛行器附近就可以知道琥珀到底有沒有又被抓去。

有的話要想辦法救人，沒有的話他也可以趕快離開。

腦袋轉著各種想法，青鳥很快就走完狹小的通風口一帶，這次推開地下室的門沒再遇到那個很凶的小女孩，不過出乎他意料之外，一脫離通道除了看見被侵蝕得比較淺的地下室外，他還看見另一個人——

「盧林？」

站在地下室的人很明顯也被他嚇一跳，手上的照明工具掉在地上，發出很大的聲音，「青鳥？」

「眞的是你。」驚喜地跑過去，青鳥一把抓住自己的同學，「你不是在琥珀家嗎？怎麼會在學校裡？琥珀人在哪裡？現在安全嗎？」

似乎被嚇得不輕的盧林一時間沒有回答對方的話，過了好一會兒才結結巴巴地開口：「那個……學弟人、人沒事……在上面的教室裡面……」

果然在這裡！

青鳥頓了一下，重複了剛剛的問句：「你們怎麼會在這裡？」

「這個、這個……總之你先跟我上去吧……」抖著手撿起了照明燈，盧林轉頭，動作有點不自然地走上樓梯。

雖然覺得盧林的樣子很奇怪，但是青鳥以爲他只是被爆炸和毒霧嚇傻，急著想要找到琥珀的他沒有多想，立即跟了上去。

他是在幾秒之後才知道盧林爲何會這麼害怕。

一走出地下室，還沒看清楚狀況的青鳥聽見了幾個聲響，幾把刀就架在他的脖子上，然後將他拖進附近的職員辦公室裡。

他看見那天的強盜們，紋著火焰的男人和女孩，那個肌肉男，還有七、八個黑衣的陌生面孔，看來應該是這邊區域的強盜團員了。

盧林被肌肉男押到一邊去。

「看看這是誰，竟然會在離開前自己送上門。」把玩著手上的刀，男人慢慢走了過來，「小鬼，你是專程拿自己的人頭來送行嗎？」

之前不好的預感眞的成眞了。

這些強盜衝進琥珀他家，把他和盧林抓到學院來……但是爲什麼他們會知道琥珀住在那裡？

「琥珀呢？」看著旁邊的盧林，比起自己的狀況，青鳥更擔心他學弟。

「放心，湖水綠是重要的商品，我們不會動他一根頭髮。」男人勾起某種嘲弄的冷笑，用刀指指後面。順著看過去，青鳥看見自家學弟躺在角落，手腳都被綁住、眼睛緊閉，明顯昏了過去，白色的臉上有個紅色印子，「頂多是刮幾巴掌。」男人補上這句。

看到琥珀沒事，青鳥稍微鬆了口氣，「琥珀的爸媽呢？」

這次不用對方開口，他一說完就看見另一邊被捆了兩個還在掙扎的人，但是這兩個人的頭部用黑色的布包著，無法確認是否眞爲琥珀的父母，但是這種用黑布裹臉的包法讓青鳥感覺很不安，好像隨時都會對他們進行處決一樣。

冰冷的刀貼在青鳥的臉頰上，迫使他轉回頭，看向站在前面的男人。「小鬼，你一而再、再而三地挑釁朱火，現在既然送上門，你認爲我應該好好折磨你讓你痛苦死去，或者是難得好心，讓你馬上解脫呢？」

「請別這樣。」

青鳥都還來不及表示，被壓制在一邊的盧林已經緊張地開口：「我已經按照你們的意思，要家族提供你們開出的東西，拜託請放大家一條生路。」

男人冷笑了一聲，慢慢抽回刀，回拉的刀鋒在青鳥臉上直接割出一條熱辣辣的血痕。「那些錢與東西是買你的命，湖水綠我們要帶走，那邊那兩個人也是，不過這個自己闖進來的小鬼倒是可以賣你，看你要開多少價碼。」

「這個、這個……」

看著盧林，青鳥突然覺得自己無比冷靜，在痛楚和呼吸逐漸減緩時，他聽見很細微的聲音，就像平常琥珀幫他考試作弊一樣，那種只有他們兩個可以聽見的音量。

逃出去、通報、附近有夜魅。

那瞬間他意識到琥珀根本沒暈，也幾乎是在同時，躺在角落的琥珀激烈地咳嗽了起來，引起強盜團的注意。最靠近的黑衣人皺起眉，直接朝角落走去。

幾乎在黑衣人抓起琥珀的剎那，整團繩子從琥珀手腕上掉下去，他睜開眼，藏在手掌裡的玻璃片直接插進黑衣人的喉嚨裡。

抓住所有人注意力都被吸引的那秒，青鳥一縮身體，從一堆刀口裡矮身滾了出來，他其實很想順手救走盧林，但是距離太遠了，而且看起來他們應該不會馬上殺對方，還要等錢到手，所以盧林的安全暫時不是問題。

在男人憤怒地一喝時，橘髮女孩已經拔刀衝過來了。

速度比對方更快，青鳥脫離後已竄出走廊，直接朝教室上面樓層飛奔。

逃跑時，他開始製造很多噪音，找到半爛的桌子、椅子就摔，不管是完好半好的玻璃都砸，這些聲響在莉絲爆炸後寂靜的校園廢墟內顯得特別大聲。

那些搜索的聯盟軍應該很快就會發現異狀過來了。

□

只是他沒想到第一個衝進來的會是個命中煞星。

打破了差不多八、九面殘存的玻璃之後，青鳥正想再找個東西來丟時，幾道黑影已經用非常快的速度接近上面幾層只剩下鋼筋骨架的大樓，其中一個翻身穿過他身邊的窗格，穩穩落在廢棄的教室地板上。

看到進來的人，青鳥倒吸一口氣。

是那天晚上他和小茆遇到、那個帶著長刀的灰白色長髮聯盟軍，晚上看不太清楚時便已覺得這個人給人壓迫感很大了，現在白天看起來更強，全身都圍繞著非常不友善的殺氣，好像走過去拍他肩膀都會被斷手斷腳。

現在進到廢墟大樓的灰白色頭髮青年甩掉了沾在身上的塵土，淡灰色的眼睛瞇起來，銳利地盯著青鳥。

根據小茆說的，對方應該不會記得他才是。

青鳥滿頭冷汗，緊張地看著這個殺氣騰騰的聯盟軍，意外地發現他露出來那半張臉還滿好看的，雖然面癱，但是看得到的五官都非常深，臉型也不錯，好好整理一下應該是個迷倒大半女性的帥哥。

被青年盯著看了半天，青鳥開始有種被蛇盯上的青蛙感，很怕一移動對方馬上就認出來，但是不動站在這邊又被看得心驚膽跳。

「能力者。」青年不知道從哪邊看出來這個結論，讓青鳥整個人緊張了起來，「與強盜團是什麼關係？」

有瞬間他突然鬆了下，看來對方真的不認得他了。青鳥抹了把冷汗，「強盜團在下面，我朋友和他父母都被抓了，還有一個在追我，拜託快點去救他們。」雖然不知道對方會不會突然想起來掄刀砍他，但是現在救兵就只有他了。

青年想了想，稍微點了下頭，然後吹了記哨音，接著某道黑影急速從外面竄飛進來，一進入教室空間之後就張開了巨大的翅膀，出現了蒼白的女性身軀。「夜魅，將一般居民帶走。」

與陌生夜魅對上視線後，青鳥突然想到卡蘿，不知道現在她是不是也在這附近。

正想問看看的青鳥猛地閉上嘴，剛剛緊追在身後的橘髮女孩終於到了，腳步聲就停在教室入口。

「這邊讓我來處理吧。」收起了夜魅的形態，慢慢轉回普通女性模樣的聯盟軍揚開了黑色的聯盟軍衣，優雅地抽出佩刀，「沙維斯閣下，請先前往對付強盜團領首者。」

青年轉向了旁邊的青鳥，「走。」

剛剛不是才要帶走他嗎？其實比較想找別人幫忙，對青年有某程度懼畏的青鳥戰戰兢兢地跟著對方一起從另一個門跑了。

在一片紫黑色霧氣中，青鳥發現灰白色髮的青年好像不須他指引，像是自己裝了導航一樣非常筆直地就往剛才那批強盜團的方向去。

該不會他是探測能力者吧？

隨便亂想了下，還是不知道這個據說很可怕的聯盟軍到底有什麼特別能力，決定不要自己嚇自己的青鳥連忙加快腳步——他和對方第一次接觸時就知道他速度很快了，雖然跟自己比還是差了點。

「不用等其他援兵嗎？下面很多人耶。」看青年好像有自己一個人要去挑了整團強盜的感覺，青鳥還是忍不住發問了。

「不必。」淡灰色的眼睛掃了青鳥一眼，「附近還有不少能力者，包括妳。」

他是用什麼依據肯定不是聯盟軍的能力者會出手啊?還有他怎麼知道附近有別人?

青鳥這下子開始擔心起小茆了。

「妳留在這裡。」在要下到原樓層時，青年把青鳥一擋，自己抽出長刀就往前走，沒有絲毫掩飾躲避。

還沒搞清楚對方想幹什麼，在外頭戒備的幾個強盜就已經發現青年的存在，各自拿著武器衝上來打算把青年打成肉醬。

根本沒看到青年到底是怎麼出手的，青鳥只看到他揮出刀，下一秒那三、四個強盜已經全部倒地，身上還拉開了一條深深的血痕，紅色的血濺在破碎的走廊上，青年就踏著血液冷著臉，大大方方地走過去。

青鳥猛地意識到那時候人家沒砍他根本不是速度太慢，是對方手下留情，不然自己應該已經變成八塊了。

摸摸脖子，他突然覺得好險。

看著躺在地上的強盜團，出血量太多所以已經開始恍惚，放著不管估計會全部死光，青年下手直接致命，但是青鳥也不覺得應該要同情這些害死他們學校同學老師的強盜團，就算不是本來那批，都是一樣的。

偷偷摸摸地尾隨上去，他發現教室裡的青年和那些主要成員已經在對峙了。

正想像上次一樣找時機進去救人，青鳥突然和那個紋著火焰的男人對上視線，對方顯然也記得之前的教訓，立刻注意到他在外面。

這下子真的麻煩了。

□

「沙維斯，第六區的能力抹殺者。」

在一片寂靜中，火焰的男人緩緩開了口。

趴在外頭的青鳥有點疑惑地挑起眉。這個名字很陌生，非常地陌生，不過顯然就是那個灰白髮青年的名字，他都不知道聯盟裡面有這號人物，雖然說是新人，不過聯盟也藏得太好，應該是類似特務之類的，只有非常時刻才會讓青年動手吧？

剛剛夜魅好像也很尊敬他的樣子，是用閣下在稱呼，地位應該也不算低。

亞爾杰查不到的話，究竟是什麼來歷呢？

「噬·巴德，朱火強盜團第三團長，僅次於副首領之下。」同樣也知道對方身分的青年冷淡地看了眼人質的狀況，一樣也注意到在後面鬼鬼祟祟的青鳥，「美莉雅安奈·巴德，副團長，有兄妹血緣。」

原來另外那個有火焰的女孩子是副團長嗎？而且還跟那個男的是兄妹……但是兩個其實不是很像。

青鳥盯著男人看了半天，還是沒找到和上面那個橘色頭髮女孩子相像的地方。

就在狀況完全僵持不下之際，打破這種對峙的是外頭傳來的巨大聲響，不是爆炸聲，而是某種又大又重的東西從上面狠狠砸下來，蹭撞到建築物之後摔落在地的聲音，連在室內的他們都可以感受到那股震動。

根本不用猜，從破爛的牆壁和窗戶看出去，青鳥馬上知道是怎麼回事了。

那艘只剩下骨架的飛行器從大樓頂樓墜落下來，轟地一聲摔得支離破碎，巨大的碎片到處噴散，還有彈開的鋼骨直接甩在牆面上，引起另外一波小震動。

殘骸一掉，朱火的人表情全都改變了。

「噬，弄好了！」

肌肉糾結的大漢吼了句，顯然這些強盜團員的針對飛行器而來。喊完之後，大漢一把拖起旁邊的琥珀和盧林，另外兩個人就抓著琥珀的父母直接後退往窗外去，剩下的則和男人直接攔在青年面前。

就在青鳥想不管一切先衝了再說時，拽著琥珀的克諾突然發出怪異的悶哼聲，好像後面撞到什麼，讓他本來抓著盧林的那隻手整個鬆開。

也曾在學校學過基本武術的盧林抓住機會直接翻出去，逃出了強盜團的掌心。

順著克諾半歪的身體看去，青鳥看見不知什麼時候到來的小茆就站在巨漢身後，明顯毆了人家一拳，在反擊到來前，已一翻身跳上了外面的飛行器殘骸，握著小刀戒備地看著對手。

基本上雖不要求盧林幫忙救人，但是在看到他脫出之後瞬間逃逸、完全不想幫忙的畫面時，青鳥還是有點犯嘀咕的，然後他繞開了教室也跳出去，直接在小茆身邊停下。

「不是跟妳說過別正面對決嗎……跑掉的那個是琥珀？還是他手上那個？」前來拜會情敵的小茆磨著牙，看著剩下的三個人質，「還是那兩個黑腦袋的？」

「被抓著那個是琥珀，湖水綠、很好認。」雖然急著想先救學弟，但是青鳥也知道那個很多肌肉的不好對付，最好是從父母先救起。

「價錢也很好。」小茆嘖了聲，看向了室內已經打起來的聯盟軍和強盜團長。「眞糟糕，獵捕的聯盟軍也在這裡，我們速戰速決吧。」

當然也知道要速戰速決，青鳥看了下頻頻對他打眼色的琥珀，明白對方也要他先救父母，可是另外那兩個人看起來也不是什麼好對付的……

「妳不要靠近。」在殘骸中站起身，小茆將青鳥往身後推，「我救到人後，妳立刻和他們逃走，能離多遠就多遠。」她看著迸出火花的飛行器殘骸，總有點不好的預感。

「可是你們……」

「這是處刑者的事，妳還不行。」嚴肅地打斷了青鳥的話，小茆微微壓低身，「妳還只是一般住民，無法應付。」

話說完，小茆整個人彈射出去，纖弱的身體拉開很美的弧度，幾乎在眨眼瞬間就落在大漢前，帶著重力的拳頭直往對方巨大的身體揮去。

不過這次已有準備的大漢雖然無法躲開，但也很快地將還揪在手上的琥珀拉過來當作盾牌往前擋。

小茆罵了聲險險地偏開攻擊，接著被逮著機會的強盜一腳踢中腹部，整個人摔了出去，撞在飛行器殘骸上。

收回腳的強盜臉色也沒好到哪裡，一柄小刀直接插在他的小腿上，穿過了褲子，幾乎整柄沒入他的腳，只剩下一點點刀柄露在外面。

眨眼瞬間，女孩已經取下了第一個優勢。

他的確還不行，青鳥看著正在怒吼的巨漢，還有抹著嘴邊血絲站起來的小茆，他們的神情都繃到極點，出手就是要剝奪對方行動甚至是生命，這和學院裡娛樂性的武術比賽不一樣，光會躲是沒用的，只要他一慢下來，刀子隨時都會插進他的腦袋。

青鳥深深吸了口氣，正想尋看看有沒有空隙可以幫忙，突然注意到從剛剛開始，殘骸便一直發出火花不斷的聲音。

現在才覺得奇怪，照理說飛行器前幾天砸上他們學校時就應該已把能源耗光機械焚燬了，怎麼會在這種時候又開始跳火花？

回過頭，他看見了巨大黑影正從殘骸中站起。

第十一話▼▼▼所有一切的開始

「小朋友！讓開！」

就在青鳥發現有個大黑色東西冒出來時，從殘骸的另一邊又跳出來個人，仔細一看是不知道什麼時候離開的黑梭，他臉上也很狼狽，全都是髒污，衣服也破損得很厲害。

反射性地往後退開好幾步，青鳥才發現那個大黑影好像是個很大的人影，就眞的只是個巨大的黑影怪物，形狀像人但沒有任何輪廓，全部由黑色組成，大概有兩層樓高。

黑梭跑了幾步，在那一大團黑影砸下之前先將青鳥拉走，「你怎麼也跑來這裡！」

「你才是……難道兔俠也在？」在山邊那時因爲擔心琥珀，他也沒心思去想兔俠他們跑哪了，畢竟對方是處刑者，一定可以照顧自己，只是沒想到會跑來學校，而且看樣子好像還比他們早到。

「想說強盜團在這邊。」

覺得黑梭講得有點敷衍，不過在後方黑影搥爛了大片鋼骨之後，青鳥也沒得去追究他們突然冒出來的問題，而是跟著黑梭專心逃命。

那道大黑影並不是投影，而是完全的實體。

沒看過這種東西的青鳥跟著黑梭繞過幾個較大鋼骨後，就看到套著松鼠布偶裝的大白兔在後面，樣子也很糟，松鼠皮被刮得一條一條，到處都露出裡面兔子的白色皮毛。

看到青鳥時大白兔愣了一下。

「沒想到他們的『腦袋』是個影鬼。」黑梭嘖了聲。

「影鬼是什麼？」青鳥看了眼從後頭追上來的大黑影，不知道是不是他的錯覺，他發現黑影好像有了點變化，剛剛是個大巨人的樣子，現在居然變成有點像是大型野獸，四肢著地踩碎了殘骸。

「特殊的影子能力者，非常罕見，我們根本沒看過，只有在幾百年前留下來的改造能力者的實驗資料裡看過一次紀錄，沒想到朱火裡竟然會有這種人，而且還是我們以爲最弱的那個。」黑梭勾了勾無奈的微笑，「難怪他們敢做這種和第六區爲敵的事情，影鬼幾乎沒有辦法制伏……重要的是，剛剛有搶到嗎？」

大白兔點了下頭，攤開松鼠手掌，青鳥看到他掌上有顆藍色的小珠子，發著黯淡的光，也不知道是什麼東西。

「你們回來是跟強盜團一樣要拿飛行器上的東西？」青鳥皺起眉。

「是的，相關的事情如果有機會，在下會向你們解釋，現在要盡快把東西送到安全的地方。」把珠子放回身體裡，大白兔淡淡地說著。

「在那之前先搞定後面那隻吧。」抓住大白兔和青鳥，黑梭發出野獸般的低吼，轉變獸型之後一個蹬腿翻身出去，正好避開了巨大黑影的攻擊。

黑梭的降落點靠近室內，也就是剛剛青鳥出來的地方，落下時小茆正好靈巧地竄身進入大漢的手圈裡，然後用怪力硬是把琥珀給扯出來。

「接著！」奪到人，小茆就把琥珀往後推，正好推向青鳥他們這邊來。

接住人，青鳥快速地幫自己學弟鬆綁，檢視一下他身上的傷。「還可以動吧？」

琥珀點點頭，望向了還被抓在一旁的父母。

「你保護小朋友們的安全，在下去救人。」正打算把已經很破爛的松鼠皮撕掉，大白兔的動作停頓下來，紅色的眼睛看見扣住婦人的那個強盜胸口突然突出刀尖，染著血的顏色迅速在身上擴散。

不給那個強盜掙扎的機會，刀鋒一轉，硬生生橫切出來。

「沙維斯。」青鳥看見不知何時甩開男人的青年出現在那兩個強盜後面，完全沒看到他的動作，他就已輕鬆解決兩名扣押人質的強盜，然後扯掉了人質頭上的黑布。

那是一對中年夫婦，就和青鳥之前說的一樣，都有一雙藍色的眼睛和金色的頭髮，大概四十多歲上下，臉上充滿了驚恐但不至於太過害怕。

沙維斯將他們鬆綁之後，就一前一後地往青鳥這邊跑來。

幾乎在同時間，強盜團手上的人質全都沒了。

後方的巨大影子停下腳步，克諾也沒有再動手，和小茆分開了一段距離，兩人身上都掛了不少彩，惡狠狠地彼此對瞪。

然後，從已經被砸碎的牆壁和窗框後，走出來那個火焰圖騰的男人，他的胸口有一道明顯刀傷，但是不深，只有些微出血。

小茆和大白兔同時把普通平民保護在身後。

剛掙脫出來的婦人緊緊抱著琥珀，全部人都很緊繃。

打破這種僵持的是從黑影中發出來的詭異低聲——

「噬，你還要繼續玩下去嗎？目的已達到。」不像男也不像女，好像是從很空洞的地方發出來的低語，讓其他人更緊張了。

男人吐掉一口血液，冷冷笑了聲：「算了，第六區的沙維斯在這裡，當作是給他一

個見面禮。」說著，他揮了一下手，剩餘的強盜團抱著傷口開始退開，連克諾都往黑影的方向走去。

就在青鳥以爲這些詭異的強盜團要撤離時，突然與男人對上視線，瞬間他看見一種冷到骨子裡的怪異感覺；接著對方甩開手，本來握在手上的刀突然朝自己飛來。

那秒，青鳥想到的是在公園裡變成灰的人。

「危險！」本來護著琥珀的中年男性喊了聲，突然就擋到青鳥前面。

被擋在後的青鳥看見彎刀直接劈在男性臉上，發出了像是切厚皮水果般的聲音，連血液都還沒噴濺出來，男性突然整個潰散開，變成之前他看過的那種黑灰。

藍眼的婦女發出淒厲的尖叫聲。

「這只是開始。」

環顧著所有人，第三次從青鳥他們眼前離開的火焰紋男人開口：「一切的開始，我們會再見的。」

在他走向黑影時，建築物上方也發出聲響，那個橘髮女孩從上方飛身而出，在空中轉了一圈後穩穩落在黑影身上。

擁有實體的黑影開始扭曲野獸形狀，接著翻開巨大的黑色翅膀，變成大型的鳥獸。

「等著。」

青鳥看著男人，對方最後這兩個字是特別針對他的，他知道。

然後黑色的影鳥振動翅膀，掀起了毒霧，瞬間衝入天空。

□

他無法形容自己的感覺。

那個朱火強盜擺明盯上他，也撂下了狠話，這代表之後自己會被朱火強盜團視爲眼中釘。

青鳥是在對方離開後才打了個哆嗦，接著看見腳下全都是黑灰，自己身上也沾到一些，但是他連拍都不敢拍掉，就在幾秒前，這些黑灰都還是活生生的人，他認識、而且每次去拜訪都會和顏悅色和他聊天的人。

他沒意識到那個男人有多可怕，可怕的程度已經不是他可以想像得到。

旁邊傳來悶沉的聲音，琥珀的母親直接昏倒，被黑梭給撐著。

他想，他應該要去安慰琥珀……得、得去做別的事情，可是他的視線完全無法從那些黑灰中轉開。

「青鳥，看看我。」

小茆的聲音從旁邊傳來，接著兩隻白皙的手抓住他的臉，硬是扳過來，「強盜已經走光了，不在了，沒事、妳放心。」

眨眨眼，青鳥才勉強地吸了口氣，往後倒退兩步，身上的黑灰跟著他的動作落下，飄落在地面上。

他掙開小茆的手，轉過去看琥珀。他學弟緊按著自己的肩膀，臉色很慘白但是沒有什麼表情，也是盯著地上的黑灰，不過比自己鎮定很多。

「總之，快從這邊離開吧。」黑梭橫抱起暈過去的婦人，知道這不是撿骨灰的好時機，因爲上面有個夜魅已經要下來了，他們還是聯盟軍要緝捕的對象呢，與剛剛的強盜團一比，也沒好到哪裡去。

「通通站住！」

站在側邊的沙維斯突然抬起手上的長刀，攔住了所有人的去路，露出來的半張臉異常冰冷。「處刑者，月神、以及帶著布偶的操作者。」

本來還有點恍惚的青鳥一聽到青年說出這些話，整個頭皮都麻了，他一秒轉向那個說有洗腦的女孩。

也很錯愕的小茆根本不知道怎麼回事，沒想到對方竟然看得出來她的眞面目。

「處刑者不能離開。」重複了一遍剛剛的話，沙維斯完全不給商量餘地，「否則當場擊斃。」

「欸……想先送人去醫院的也不能離開嗎？」黑梭似笑非笑地抬抬手上的婦人，然後看了一眼旁邊的琥珀，「這兩位只是一般居民，都受傷和受到驚嚇了，盡快送走比較好。」

「聯盟軍會協助一般民眾離開與提供各種幫助。」長刀指向了黑梭，青年冷冷地說道：「請你們不要反抗。」

「反抗是一定會的，不過就算是很厲害的聯盟軍，你有把握自己一個人在短時間裡壓制我們全部人嗎？」

「可以。」

青年回話非常快，幾乎在黑梭說完立刻接上，讓本來還想動搖對方的黑梭也愣了半秒，「所以你們最好不要有任何舉動，不是窮凶惡極的能力者不適合死在我的刀下。」

看著不肯退讓的聯盟軍，大白兔往前走了兩步，「在下不想和聯盟軍起衝突，但是也不能被攔在這裡，在下有絕對要離去的理由，所以得罪了。」

一說完話，披著松鼠皮的大白兔幾乎在瞬間就衝上去，速度快到讓青鳥也很吃驚，這種速度說不定可以追上他。不過灰白髮的青年也沒有落下，在同時已經有所反應，格擋攻擊，刀起刀落，削開一大片松鼠毛皮，露出下面更多的白色兔子身。

他們的對打並沒有持續很久，其實也就才過了幾次手之後就出現狀況。

某種細小破風聲穿過了紫黑色的霧氣打在廢墟地面上，接著從地下鑽出了暗綠色的小芽。注意到異狀的青鳥還沒提醒，沙維斯和大白兔都已經發現了，各自往後跳開。

似乎是衝著聯盟軍來的綠芽在青年往後跳時，全部延展出來，青色的蔓藤不斷從地面抽拉而出，轉眼間便覆蓋了大片的土地，把青年逼開一大段距離。

「泰坦。」小茆低呼了聲，然後抓著黑梭與青鳥，「我們快走。」

說話時，青鳥下意識往上看，這才發現剩下的建築鋼骨上不知道什麼時候也纏繞了那些藤蔓，不遠幾處也都有，阻擋了其他聯盟軍和夜魅靠近。

他看見在陰影角落以及不顯眼的地方出現了好幾個在黑森林中看過的斗篷人，應該就是森林之王組織所說的人手。

看來沙維斯對能力者的探知並沒有錯。

「這邊。」黑梭朝所有人一抬頭，快速離開了學院廢墟。

他們身後，綠色的植物不斷翻騰。

緩緩地，開始稀釋了紫黑色的濃霧。

□

青鳥後來才發現，黑梭與大白兔原來在分開之後自己在路上弄了台車，才能這麼快就到了學校。

那部高速動力車被黑梭藏在廢墟範圍外，並沒有受到太嚴重的侵蝕，所以找到動力車後，他們馬上就擺脫了後方的聯盟軍返回琥珀家。

原本小茆要所有人去她家或是去泰坦的黑森林，但是距離實在太遠，必須先找個近一點的休息處，而且一路上不發一語的琥珀也堅持一定要先回家中。

花了點路程時間後，他們終於回到被砸損的房屋。

抹掉一路上可能會被追查的蹤跡，黑梭把車開到森林某處，直接讓車子消失了。

先安置好琥珀與婦人，青鳥和小茆也沒閒著，直接動手先把大廳清理過，大白兔把松鼠皮脫掉後也幫忙了一陣子，還順手把門也修理好，重新啟動了屋內能源控制儀器和防具，把已經很淡的毒氣都抽乾淨。

傍晚之後，已經整理到差不多能暫歇的狀況。

「我去看看琥珀他們的狀況喔。」向正在弄簡單吃食的小茆打過招呼之後，青鳥兩三步就跳上二樓的房間範圍，本來想先去和婦人打招呼，但是剛剛的事情實在太過可怕，於是他先略過，暫時不打擾對方，直接敲了琥珀的房門。

敲了幾次沒反應，青鳥就自己打開房門了。「琥珀？」

開門後，他看見他學弟根本沒在床上休息，而是坐在窗台邊，整個人失神地看著外面，地上稍微被整理過的書籍和物品都被排在一旁，連燈也沒開，整個房間非常暗。

「琥珀。」青鳥拍了一下對方的肩膀，然後才看見那雙綠色的眼睛轉過來看他。他本來以爲會對上驚慌害怕的情緒，但是看著自己的，卻是雙非常冷靜、冷靜到有點可怕的眼睛，完全沒有才剛失去父親的悲傷或無措感。「你怎麼了？」

琥珀搖搖頭，再度看向窗外。

青鳥想了下，像平常一樣揉揉對方的頭，在窗台另外一邊坐下，「我會保護你，沒關係，他們再來我也會保護你，你被抓了我也會去救你，沒事。」

再度轉回過頭，琥珀看著自家學長，然後嘆了口氣，「你還是不要救比較好，不然就浪費父親一條命。」

愣了幾秒，青鳥有點不知道該講什麼，一時又想起擋在他前面變成黑灰的人。

「學長，沒有人怪你，你不要有愧疚和壓力，跟你無關。」按著自己的左肩，琥珀淡淡地開口：「這和你們都沒有關係……」

不知道爲什麼，青鳥覺得琥珀的態度非常奇怪，先不說好像沒什麼悲痛和激烈的情緒起伏，他鎮定得實在太過火了，讓青鳥突然有種錯覺，他總感覺對方好像對於父親會突然死亡有什麼心理準備。

但是一般人應該不會有這種準備吧？

就算是比較不一樣的琥珀這也太超過了，不可能會這樣吧。

「琥珀，爲什麼強盜團會把你爸媽也一起抓走？」青鳥皺起眉，還沒仔細思考，自己的疑惑就已經劈頭問出來了。

他總覺得奇怪，就算琥珀是湖水綠，在這種狀況下強盜團應該也不會專程來攻擊他家搶人，而且還連父母一起抓走。雖然不知道那個火焰紋的男人在想什麼，但是經過這幾天的衝突，他認爲對方應該是信奉「沒用就殺掉」的主義者，不會帶多餘的東西。

也就是說，那個人是有目的襲擊琥珀家的，很可能連他父母都是目標。

但是爲什麼？

琥珀的父母只是一般雜物商，批貨賣貨，也沒有聽過特別的問題，就是非常普通的商人而已。

「……不曉得。」淡淡地嘆了口氣，琥珀搖搖頭。

仔細一看，青鳥才發現學弟眼眶有點紅紅的，雖然不太明顯，不過近看就能發現了，大概是心裡很難受沒表現出來，「說不定是你爸爸媽媽跑生意時有得罪過強盜團？還是看了不該看的東西之類的吧？想想看有沒有什麼線索，這樣要尋求聯盟軍保護也比較容易。」

按著肩膀，琥珀還是搖頭。

「好吧，既然是這樣就放著先不管了。」也想不出個所以然，青鳥乾脆聳聳肩，決定等等出去再和其他人一起商量，這種花腦筋的事情他超不擅長。「先去吃飯吧，吃飽之後你睡一下，明天我們去黑森林先避一避，強盜團應該不至於殺進黑森林。森林之王看起來很有實力的樣子，眞是讓人大開眼界啊，琥珀你一定不曉得我在裡面看到……」

「夠了，學長。」阻止對方又開始有點亢奮的敘述，琥珀淡淡地說：「今晚什麼都不要講，拜託，我要一點安靜的時間。」

青鳥馬上閉嘴。

「抱歉，你們吃吧……房子的東西請自行使用，我就不幫你們準備衣物和房間了。」

聽得出來對方在下逐客令，青鳥只好摸摸鼻子，和對方講了那多休息不要亂想，之後的事情大家一起商量之類的話後，他才退出房間。

今天發生的事情實在是太多了。

不知道有沒有機會去幫琥珀將他父親的殘餘黑灰收回來？

想著拜託盧林他們看看，懷著各種想法的青鳥踏下樓梯，正好看見回來的黑梭，還有在大廳裡打坐的大白兔。

已經忙碌得差不多的小茆正端出好幾種食物，笑吟吟地從廚房走出來。

然後，大白兔先開口了。

「你們兩位都過來，在下必須告訴你們一些事情。」

□

藍色的小珠子被擺放在矮桌上，然後四周放滿了奶油通心麵。

「小姑娘手藝不錯，真難想像原來那麼大的力氣做出來的東西會這麼好吃。」扒著晚餐，也餓了一天的黑梭稱讚著女孩。

難得露出比較善意的微笑，小茆還是整個人黏在青鳥旁邊，「如果時間多一點，還可以煮更好的大餐呢。」

看著正在吃食的人們，唯一不用進食的大白兔就端坐著，等到大家吃到告一段落後才開口：「很抱歉沒告訴你們詳情，在下實在是不想把幾位也捲入強盜團的事情裡，這實在是太危險了。」

「雖然是這樣說，但是我們已經都被捲入了呀。」整理完桌上盤子，小茄直接坐下來抱著青鳥的手，「不過放心，第六區的處刑者不會比第七區弱，強盜團什麼的我們也都有對付過，三個月前月神才剛搗毀一個小型強盜團的巢穴呢。」

「死海強盜團，這個我們也有耳聞。」黑梭和大白兔對看一眼，才開口：「但是朱火強盜團的危險程度遠超過那種廢物強盜團，他們是唯一一個可以和星區聯盟相對抗的超大型強盜團，有非常強的組織性和連線。我們在第七區雖然幾次銷毀了朱火的第七區據點，不過就算成功搗滅，他們總是很快就換了更隱密的區域重新建造，可見資金雄厚與人手充足都遠超過想像。」

「尤其是這次，已經證實他們連飛行器都可製作，在某程度來說，朱火已經不是一般的強盜團規模了，幾乎能夠完全確定他們與許多星區聯盟軍有來往勾結。」

小茆看著黑梭，突然笑了一下，「這種事情我們也猜得出來，他們在行政區現身時我們就已經確定他們一定有和官方勾結，否則不可能隱藏得這麼好，阿德薩也在追查是藏在誰那裡，森林之王想必也在追尋；說不定就在我們聊天的這時候，伊卡提安都取下對方的人頭了呢……我說了，別小看第六區的處刑者。」

黑梭看著小茆半晌，然後正坐了起來，「抱歉，是我失禮了，既然會是第六星區的處刑者之一，一定也都做好各方面的準備了。」

大白兔點點頭，繼續說下去：「實際上，在下追查這支部隊並不是幾個月的時間，而是整整十五年。」

「十五年？」這次連青鳥都訝異了。

「想當年我才丁點大，現在一轉眼都快要可以當大叔了。」黑梭有點感嘆，「眞是歲月不饒人。」

「是的，約在十五年前，在下發現他們活動頻繁——不是指那些強盜活動和行爲，而是與各種階級層次的來往頻繁，雖然先前也有徵兆，但是可以追蹤到的主活動是從十五年前開始的，當時他們暗地活動到後來試圖將所有強盜團都聚集起來佔領第七星區，所以在下也聯繫上願意前來幫助的許多處刑者，甚至有不少自由行者前來幫忙，在一般平民不知道的狀況下於海上殲滅掉那支團體。」

「順帶一提，我們當時消滅掉的總領導者，好像就是這次遇到那對強盜兄妹的父親，他一死，朱火內部就整個翻盤，當時的副手成爲現任的強盜團團長，而副手的副手則成爲副團長。」黑梭補充了這些。

「之後朱火強盜團才又隱藏到檯面下，但是從那時候開始活動就沒有間斷，在下追蹤這十五年來，發現他們正在追查奇怪的資訊，雖然不知道具體內容，但是似乎是可以動搖整個世界的巨大力量……在下認爲他們試圖想要翻覆全部星區，將七大星區都變成朱火的所有物。」大白兔嚴肅地說著，然後指著桌上的小珠子，「這次飛行器上讓朱火強盜團一定要取回的就是這種珠子。在下之前也取得幾次，但是裡面記載的都是無法解謎的資訊，或是解謎後無意義的內容。」

「等等。」青鳥有點疑惑地打斷，「可是上午他們撤退，就是因爲那個影鬼說已經拿到需要的東西啊？」那爲什麼珠子會是他們折返的原因？

「他們已經把珠子的內容下載了。」黑梭敲敲手上的通訊器，「通常內容下載之後會被破壞或是全部打散重組，所以我們才很難復原裡面的資訊。」

「啊啊，那要有非常好的頭腦才可以解開。」小茆抱著青鳥的手，說道：「你們有把全部內容下載嗎？說不定阿德可以解開，阿德很喜歡解資料。」

「也好，在下原本就想說在這邊遇上好的『頭腦』可以尋求協助，若月神這邊能夠幫忙是最好，在下以後也會回報你們。」大白兔拱起手說道。

「沒什麼，處刑者的目標其實都一致啊，不用客氣啦。」小茆說著時，衝著青鳥露出甜甜的微笑，「對吧對吧。」

「呃……是啊。」青鳥很努力地想往旁邊移，但還是被抓得緊緊，「啊，說不定也可以給琥珀試試，琥珀也會弄這些東西。」

「你們乾脆一人複製一份吧，可以解開的話是最好，當作碰碰運氣囉，反正沒解開也沒什麼損失。」黑梭笑了下，然後拿起桌上的珠子下載了裡面的訊息，接著將自己手上的記錄整理後讓小茆和青鳥各自複製過去，「但是你們要小心喔，就算眞的運氣好解開也千萬不要被其他人知道，否則會被朱火盯上……雖然現在已經被盯上了。」

複製過檔案資訊後，青鳥一直覺得心臟跳得很快。

這樣算不算真的參與了處刑者活動？

他突然覺得之前的夢想好像在瞬間實現了，自己居然可以和這些有名的人坐在一起，然後聽他們的討論和參與事情。

但是不知道爲什麼，除了心情有點緊張之外，青鳥卻發現自己並沒有想像中高興，甚至連平常在看這些消息時的激動都沒有了。

因爲有人死了。

就在不久之前，莫名牽扯進來的琥珀父親死掉了。

所以他實在是高興不起來，也沒辦法很熱衷地參與討論，更提不起勁來讓自己更投入這些他以前想過幾千百次的事情。

他隱隱感覺到心中好像有什麼缺了一角。

這就是，開始了嗎？

《兔俠　卷一・強盜與兔子》完

兔俠 下集預告

前往第七星區！

傳說中的黑島與海上芙西。

兔俠、曼賽羅恩持續對抗。

第七星區連盟軍首敵，最受歡迎的幕後處刑者即將登場……

等等，不是這樣就出道了吧！

萬事好商量啊啊啊啊——

國家圖書館出版品預行編目資料

兔俠. 卷1，強盜與兔子 / 護玄 著.
——初版.——台北市：蓋亞文化，2013.01
面；公分. ——（悅讀館 ；RE301）

ISBN 978-986-319-030-1（平裝）

857.7 101025442

悅讀館 RE301

兔俠 vol.1 強盜與兔子

作者／護玄
插畫／Roo　封面設計／克里斯
出版／蓋亞文化有限公司
地址◎ 台北市103赤峰街41巷7號1樓
電話◎（02）25585438　傳真◎（02）25585439
網址◎ www.gaeabooks.com.tw
部落格◎ gaeabooks.pixnet.net/blog
電子信箱◎ gaea@gaeabooks.com.tw
投稿信箱◎ editor@gaeabooks.com.tw
郵撥帳號◎ 19769541　戶名：蓋亞文化有限公司
法律顧問 / 十方法律事務所
總經銷 / 聯合發行股份有限公司
地址◎ 新北市新店區寶橋路二三五巷六弄六號二樓
電話◎（02）29178022　傳真◎（02）29156275
港澳地區 / 一代匯集
地址◎ 九龍旺角塘尾道64號龍駒企業大廈10樓B&D室
電話◎（852）2783-8102　傳真◎（852）2396-0050
初版一刷 / 2013年1月
定價 / 新台幣 240 元
Printed in Taiwan

GAEA ISBN／978-986-319-030-1

GAEA

Gaea